夜不語
詭秘檔案

夜不語
詭秘檔案

夜不語
詭秘檔案

夜不語
詭秘檔案

夜不語

詭秘檔案110

Dark Fantasy File

鬼抓痕

夜不語 著 Kanariya 繪

CONTENTS

自序

原本以為今年不會太熱的，結果是，我被現實打臉了。

最近幾天，幾乎要成為成都最近幾年，最熱的天。氣溫高達攝氏三十八度以上，甚至一度達到了攝氏四十度。

公路，似乎都要被烤化了。烈日下，地面波光粼粼，產生了向下的海市蜃樓效應。

而我今年，也頗為苦惱。今年生病了，五月時就覺得心臟不太舒服，去醫院一查，本以為不會有啥事。結果我又天真了。

第二天醫生打電話給我，神秘兮兮地要我盡快回醫院複檢。我當時心裡就一咯噔，有股不祥的預感。一下午心神不寧的，就抱著女兒餃子，心裡想女兒哦，爸爸死了妳怎麼辦哦。

去了醫院，心臟問題就明瞭了。要不了命，但是需要休養，至少要休養半年。醫生開了半年的藥給我，更叮囑我這段時間不要胡思亂想，天塌下來不需要我去頂，地獄門開了，我也不是第一個掉下去的。

就算地球毀滅了，我頂多也就和全球七十六億人一起嗝屁，誰都逃不掉。

我一想，也對。

杞人憂天，似乎是筆者的家族傳統，寫進了遺傳基因中。醫生的開解是一回事，反正能不能控制住自己整日的胡思亂想，又是另一件事。

總之，先閒著吧。

閒來閒去，還是閒不住。於是就藉著今年《夜不語詭秘檔案》大結局之際，寫起了新書。原本新書的名字起了個《宇宙圖書館》。可是寫著寫著，味道不對，我就把這個名字給槍斃了。

改為了《怪奇博物館》。

《怪奇博物館》這部新書，延續《夜不語詭秘檔案》系列的故事，夜不語中的新人，老人，都會出現。還是原來的配方，還是原本的味道，也是由一個個的單元劇組成。

主角姓名和性格，我在這裡先作保密。屆時大家看書時，才會有驚喜。

敬請期待。

言歸正傳，說說《夜不語詭秘檔案 110：鬼抓痕》，這本書寫於 2005 年，再版時內文有些小改動。

本書也是主角夜不語奠定人生觀和價值觀，甚至幾個主要配角出場的關鍵故事。時隔十四年，再次再版，千言萬語道不盡心裡的感慨。

人生實在太短，時間簡直太快。原本寫書的筆者還是個帥氣少年，現在，已經成為小帥的大叔了……

想哭。

先說到這，下本書的序，咱們再聊。

夜不語

楔子之一

「你犯了什麼罪？」

「強、強姦。」

「幾個？」

「三、三個。」

昏暗的房間，帶著一種監獄裡特有的黴臭味道。

一個年輕的獄警，正站在一間牢房前，他的手牢牢地握著身前的鐵欄杆，嘴角帶著一種怪異的微笑。

牢房裡邊坐著一個神情猥瑣的中年男人，他的身體微微顫抖著，不知道原因，他就是莫名其妙地感到害怕。

眼前這個年輕的獄警，自己見過無數次，但今晚他的突然出現，卻讓自己感覺十分地壓抑。

就像是有千斤的鉛塊，壓在自己身上，全身骨頭都被壓得塌下去，無法動彈，只能喘著粗氣，可憐兮兮地躺在地上。

他媽的，自己究竟是怎麼了？

獄警依然微笑著，就像在欣賞一件藝術品。他的手指輕輕磕著欄杆，發出一陣陣單調的金屬敲擊聲。

「那三個被你強姦的女人，現在怎麼樣了？」他問道。

「我怎麼可能知道。」中年男人努力地想要抬起頭，可是一種見不到的壓力，又猛地壓了過來，他的頭立刻撞在地板上，大腦痛得一陣暈眩。

怎麼回事，究竟是怎麼回事？

這個獄警在幾個小時前，都還像往常一樣畏畏縮縮的，一副才出社會的怕事菜鳥模樣，根本就連視線都不敢和自己這群人接觸。

現在的他，哪來那麼大的氣勢和勇氣？

那種無形的氣勢，就像渾濁的液體一般，流淌在附近的空間中，壓得人無法喘氣。

周圍的溫度似乎更冷了，冷得有些違反季節。

雖然這個監獄是在地底下，但是通風良好，冬季也不會低於攝氏二十度，可是，自己居然在夏季，在一個初出茅廬的菜鳥的視線下，冷得全身都在顫抖。

眉毛上似乎凝結出一層薄薄的白色物體，中年男人吃力地用手摸過去。是霜！怎麼可能有霜？

「你強姦她們的時候，有沒有想過，她們會有多痛苦？她們今後的一生，會有多悲慘？」

年輕獄警臉上的詭異神情，更加濃重了，他的聲音空洞，微笑也十分空洞，四周不斷迴盪著他難聽粗糙的聲音。

「她們有的人，會一輩子把自己鎖在自己的世界裡，不再相信任何人。有的人會一輩子心驚膽戰，不能幸福地走完人生。而有的人，會，死。」

說完最後一個字，獄警的眼神猛地變得犀利，帶著一種憤恨的神色，一眨不眨地盯著趴在地上的中年男人。

「被你強姦的三個女人，死了幾個？」

中年男人許久才膽怯地答道：「都死了……自殺。」

「那你怎麼還不死？」獄警瞪大著眼睛，表情猙獰，但偏偏嘴角還是帶著一抹微笑。

「我怕，痛。」

「怕痛，沒關係，我幫你好了。只需要半秒鐘，你就什麼痛苦都沒有了。」獄警從嗓子裡擠出一句愉悅輕鬆的話，隨後從身側掏出手槍。

中年男子的瞳孔猛地放大，驚恐地大喊：「你要幹什麼？來人啊，快來人。有個瘋子，瘋了，瘋了，殺人……」

聲音戛然而止，隨著巨大的槍聲，慢慢地消失在四周。

牢房中的男人難以置信地想要伸手捂住腦袋，但卻有心無力，「啪」的一聲，重重倒向地上。

遠處傳來一陣混亂的腳步聲。

獄警滿意地看了一眼手裡的槍，突然全身一顫，癱倒在地上。他張大著眼睛，眼神從迷茫變得不解，最後麻木地盯著拿槍的手……

自己，怎麼了？

腳步聲靠近了，有許多聲音嘈雜地響起來。

「張宇，你這邊出了什麼事……」

來人倒吸了一口冷氣，望著中槍死掉的囚犯，和癱坐在地上的張宇，大腦一時還無法將眼前的事情，連貫地連接到一起。

詭異的笑容，又一次浮現在張宇的臉上。

他站起身，輕鬆地拍拍褲子上的灰塵，然後轉過頭，輕聲細語地向身旁那些震驚得呆住的人問道：「你們，犯了什麼罪？」

楔子之二

最近，有一種十分怪異的感覺。

就像有某個人，無時無刻都在某個自己察覺不到的地方，窺視著自己。

雖然這種感覺很唐突，可是，那道視線確實猶如黏性極強的口香糖，緊緊地黏在自己背上，明明知道它的存在，卻偏偏無跡可尋。

那，究竟是誰的目光？裡邊彷彿帶著莫大的仇恨。

那人似乎也絲毫沒有掩飾他對自己的恨意，那樣執著的恨意，已經實質化了，赤裸裸、火辣辣、熾熱地灼燒著自己的背脊……

張小喬再次從半夜的惡夢裡驚醒，走進洗手間，胡亂地將冰涼的水潑到臉上。狂跳的心臟，這才微微平緩了下來。

那道目光，再次隨著自己意識的清醒，清晰地在自己的神經感覺中，附骨隨行地適時出現。

她猛地回過頭，只看到身後貼牆的穿衣鏡中，自己頭髮潮濕、滿臉驚恐的身影。

昏黃的燈光下，自己的影子顯得那麼怪異，就像有無數道虛影，存在於身體的四周。張小喬猛地打了個冷顫。

自己搬到這個城市，也不過半個月。

為了讓自己從過去一團糟的生活重新來過，她毅然拋棄了優渥的工作待遇，甚至熟識的朋友，只帶著一些簡單的行李離家遠遊。

最後，流浪到了這個小城鎮。

這裡確實很小，漫步半個小時，就會不小心走出有人居住的地方。但不知為何，她留了下來，租了一間廉價的房子，找了一份普普通通的工作。

原本以為，一切都會隨著時間的流逝，而悄悄隱沒在記憶的長河裡時，因為半個月的平凡生活而穩定下來的心，卻在最近，因為那道找不出來源的目光，而泛起了一層又一層的漣漪。

半個月而已，就算自己再怎麼厲害，也不可能這麼快，就為自己樹立這麼一個一天二十四小時都窺視自己，恨意強烈到想要將自己連骨頭都一起吞噬掉的敵人吧。

張小喬望著鏡中的自己發呆。

她用手輕輕撫摸著自己秀麗端莊的面容，最後，嘆了口氣。既然睡不著，還是看看雜誌好了。

好不容易才熬到早晨，她胡亂弄了一些早餐，頂著兩個不論用什麼方法都掩蓋不了的黑眼圈，上班去了。

那道窺視的仇恨目光，依然緊貼在自己背後，只是不知道為什麼，今天的她特別敏感。

她的神經如同敲鐘一般，隱約迴盪著一些莫名其妙的想法，耳朵裡一陣陣的轟鳴，四周來往人群的嘈雜聲，似乎根本無法傳入耳郭。

感覺得到，那道目光的主人就在自己身後，他居然拍上了她的肩膀。

張小喬猛地轉過身，歇斯底里地尖叫著：「就是你，就是你一直在盯著我看！為什麼，你那麼恨我嗎？」

她身後，一個穿著工作制服的年輕男子，愕然地呆住。

他向前伸的手，僵硬地頓在半空中，過了好一陣才尷尬地說道：「小喬，我是松明，妳的同事，妳難道不認識我了？妳到底是怎麼了？妳……」

他突然覺得自己的腹部一涼，然後一陣痛意傳入了大腦。

鮮紅的血順著插入的美工刀，流了下來，越流越多。

美工刀的另一端，是一隻白皙修長的手，那隻手在顫抖，就像一隻受傷後感覺恐懼的野獸。

松明難以置信地望著張小喬恐懼得不斷抽搐的臉，只感覺視線漸漸變得模糊，四周的光線逐漸黯淡起來……

越來越暗，最後，徹底地遁入了黑暗中。

張小喬麻木地從他的身體裡抽出美工刀，抱著頭尖叫著，嘴角卻帶著一絲詭異的笑意。

那道視線還在，在哪裡？那個窺視自己的人，究竟在哪裡？

她揮舞著帶血的刀，向最近的一個人刺了過去……

楔子之三

周壘最近老是感覺很煩悶。因為自從搬了新家以後，就一天到晚作惡夢。

從前的老房區拆遷，他不得已離開從小就住習慣的祖屋，搬到了這個小鎮邊緣的房子裡。

這是棟很小的三層高樓房，只零零落落地住了五、六戶人家。

搬到這裡，也純粹是巧合。

雖然，這個小鎮人不算多，但房子也有限。

他在朋友家裡，厚著臉皮住了好幾天，這才在一根電線杆上，看到了一張又髒又舊，不知貼出了多久的廣告，寫著鎮西有房子出租。

正走投無路的周壘，當然是如獲至寶，也顧不得什麼了，立刻聯絡了屋主。

樓房雖然有些破舊，但是，房間裡還算整潔，似乎最近才粉刷過，最重要的是——便宜！

單細胞的周壘見三房一廳的房子，屋主居然只收市價一半的房租，頓時興奮地直接付了一年的房租，第二天，就歡天喜地地搬了進去。

當時他的死黨，見他樂得像是撿到寶似的傻樣子，忍不住潑了他一盆冷水，說：

「小壘，俗話說便宜沒好貨，天上絕對是不可能掉餡餅的。

「你租的房子，左右鄰居有沒有說過什麼流言蜚語的？」

「怎麼，你以為那會是鬼屋啊？放心，世界上哪有什麼鬼！」周壘撇了撇嘴，一臉的滿不在乎。

現在，他這個無鬼怪論者堅定的意志，開始略微有點動搖了。

雖然搬進來後，風平浪靜地過了一段時間，但是，最近惡夢越來越多。

他不過是一個小學的語文教師罷了，何況還是教一年級，工作根本就談不上什麼壓力。但是晚上的惡夢，為什麼總是一個接一個的，沒完沒了？

特別是前天，自己的精神似乎也受到惡夢的影響。

他耳中老是聽到一些若有似無的怪異聲音。像是無數不知名的未知生物，在痛苦淒厲地號叫。

那種情況，實在是太怪異了！

又是個無眠的夜晚。

周壘瞪大著眼睛坐在床沿，一邊努力地朝胃裡灌咖啡，一邊無精打采地呆呆望著對面的鏡子。

這面鏡子，是前一位房客沒有帶走的家具，看起來滿新的，而且似乎還有點高檔，他就貪便宜留了下來。

每次看到，他都莫名其妙地覺得，這面鏡子的形狀十分古怪。

但究竟古怪在哪？要他具體說出來，就完全沒辦法了。

那純粹是一種感覺，就像許多動物不靠五官，只靠直覺，就能清晰地嗅到逐漸靠近的危險一樣。

周壘揉了揉鼻子，用力地將杯子放在床頭櫃上，然後，伸了個非常不雅觀的懶腰。突然，他發現自己在鏡子裡的臉微微有些變形，似乎下顎順著水平線，變寬大了。

「怪了，剛才都還好好的。是燈光的原因嗎？」他好奇地朝鏡子走去。

自己的身影隨著距離的縮小越變越大，大得有些臃腫。

站到鏡子前，他突然驚訝地發現，鏡中的自己，已經臃腫到擠滿了鏡子裡的每一寸空隙。

周壘嘖嘖稱奇。

難道，是因為某些特定原因讓鏡子變形，或者屋裡的光線產生扭曲，造成了哈哈鏡的效果？

周壘朝四周打量了一番，試圖找出造成這種現象的蛛絲馬跡。突然，他像被肉食動物緊緊盯住了的獵物一般，全身僵硬得再也無法動彈。

肌肉被身後一種刺骨的涼意凍結了，他的瞳孔猛地放大，心臟快速地震動，幾乎就要蹦出了胸腔。

一隻冰冷的手，從鏡子裡穿了出來，它輕柔地撫摸著他的脖子，然後猛地一把掐住，狠狠地掐，掐得他再也無法喘氣。

恐懼以及痛苦，猶如尖利的手術刀，深深地刺穿了他的身體。

周壘尖叫一聲，喘著粗氣，從床上坐了起來。

「是夢，居然是夢。太好了！得救了！」

他急促地呼吸著，順手按開房間的燈。

臥室頓時亮了，他努力安撫著跳動得快到不正常的心臟，視線有意無意地掃過對面的鏡子。

身體就在那一刻，凝固了。

鏡子裡的他滿臉的惶恐，眼睛睜得大大的，似乎看到了什麼恐怖到自己的神經無法忍受的東西……

第一章 轉學生

美國有一位著名的氣象專家曾經解釋，為什麼許多颱風都用「雲娜」、「艾利」這樣的女性名字來命名，他說：「憤怒的女人像颱風，在氣壓下降的時候，她就向四面八方發揮威力，但在男人身上，就不太可能發生同樣的風暴效果。

「一個男人憤怒時，開始時好像很厲害，但是在構成颱風之前，常常先吹到海上去了。」

現在的徐露就像憤怒的颱風，和沈科莫名其妙鬧了一個多月的冷戰後，她終於忍不住了。

她趁著下課時間，走到那小子的課桌前，沈科一時來不及逃掉，連忙用求助的目光望向我。

本人自然沒有忘掉，招惹憤怒的女人，將會引來什麼樣的腥臭，哈欠連連地轉過身，沒話找話地逮住一個人就劈頭問：「妳知道世界十大靈異事件，有哪些嗎？」

「你搭訕的方式，嗯，真奇怪！」

一個好聽的、柔柔的聲音傳入了耳中，但聽起來很陌生。

我急忙抬起頭，只見一個長得十分清秀的美女，似笑非笑地用一雙黑白分明、清澈明亮得有如星星的眼睛望著自己。

臉皮厚如我，也不禁在她的目光下微微臉紅。

這個女孩自己從來沒見過，應該不是班上的，但是，我也不敢絕對地確定。沒辦法，畢竟，自己常常因為許多人力不可能抗的原因而曠課，前不久，還因為《茶聖》事件，請了一個月的假，去湖州調查。

今天好不容易整理好心緒，匆匆來上學，爭一點表現，免得請假太多，學校單方面把我給蠻橫地當掉！

眼前的這個女孩，不會正好是我請假期間來的轉學生吧？

顧不了那麼多了，聽到背後沈科傳來的一陣陣慘叫，為了避免殃及池魚，我拉著那位美女的手不放，也難得去管對方願不願意，只是自顧自地繼續說：「聽過耶路撒冷，哭牆『流淚』的事件嗎？據說這個現象，是揭開末世的先兆！

「事情大概發生在二〇〇二年七月的早晨，以色列聖城耶路撒冷，出現了極不尋常的異象，著名哭牆的一塊石塊，竟流出淚水般的水漬。

「猶太教士聲稱，一些朝聖者發現哭牆的石塊流出水滴。哭牆流出的水滴，至今已浸濕了十乘四十公分大小的城牆。

「那些水滴，是由哭牆男士朝聖區右邊中間的一塊石塊流出，位置接近女士朝聖區的分界線。哭牆流出水滴一直持續著，聖殿山的管理官員已知此事。那些水滴，可能是由管理官員裝設的一條喉管流出。

「但有專家指出，若是正常滴水，會被蒸發，而且不會擴散，實在是謎！而一些猶太教的神秘教派更指出，在他們的典籍中有預言，若哭牆流淚的話，便是世界末日的先兆。

「此後，便有一個考古專家小組，對此進行了調查研究，最後指『這不像是水跡，看來是植物的分泌物』。但當中沒有解釋，為何其他一樣有植物的石牆上沒有水跡，也不知道水跡不蒸發，保持長方形的原因等等，這些專家都無答案！

「嘿嘿，是不是感覺很有趣？」

我一邊大聲講述著自己都覺得有些受不了的故事，一邊用眼角小心地瞥著沈科那邊。

唉，俗話說，相愛並非最難，相處才是最大的挑戰。

兩個人之間的感情問題，最好還是自己內部解決，沈科啊沈科，不是兄弟我不幫你，實在是我沒這個能耐。

我自己的感情問題，都還沒有理順暢，所以，嘿嘿，抱歉了。你一個人下地獄去吧！

「你，不會剛好就是那個夜不語吧？」

眼前女孩清亮溫柔的聲音，打斷了我的罪惡禱告。

我一愣，這才想起剛剛自己似乎胡亂拉了一個人，強迫她聽我講一些完全沒有營養的話題。

略微有些尷尬地撓撓頭，我這才發現，自己還緊緊地拉著她的手，急忙放開，掩飾地咳嗽了幾聲，乾笑道：「我有那麼出名嗎？」

眼前的女孩眼睛一亮，捂住嘴笑起來，「我剛轉學進來的時候，就有一些好心的學姐、學弟告訴我，這個班裡，有個叫夜不語的神棍，他的智商超高，絕對不能得罪，非但不能得罪，最好連招惹都不要。

「為了確保自身安全，離他越遠越好，他們還說，那個叫夜不語的小子很會記仇，又小氣。和他交往太密切的話，會變得非常倒楣！」

「我小氣？記仇？神棍？」我的腦袋一片空白，緊接著一絲怒氣從腳底冒到了頭頂，頭髮憤怒得幾乎都要立了起來，「是哪個王八蛋，告訴妳這些謠言的！」

我呼呼地從鼻子裡噴出透明的氣體，狠狠地高聲吼道：「我一定要把那些散播謠言，毀壞我良好名譽的傢伙毀屍滅跡，最好統統趕進學校後頭的焚化爐裡去。」

眼前的女孩面不改色地揚起眉毛，依舊甜甜地笑著，「看來，學姐、學弟說的話，果然不太可信！」

「知音！」我立刻高興起來，握緊她的手用力搖了搖，「看來，還是有人明白我夜不語，知道我是個心靈純潔纖細的好人！」

「我看，你的傳聞都太美化你了。夜不語這個人，實際上，要比傳聞更恐怖一百倍才對！」女孩笑得更加燦爛了。

她笑得彎下了腰肢，就連輕輕捂住嘴的手，也放到了桌子上，撐住身體。

沒想到，這麼秀氣溫柔的一個美女，居然暗藏腹黑屬性，果然人不可貌相。

我鬱悶地哼了一聲，偏過頭，看著徐露和沈科的戰爭有越發升級的趨勢，只得又轉回頭，用很重的發音問：「妳找我有什麼事？」

「應該是某人先拉住我的才對。」女孩用纖細白皙的手指，輕輕點著桌面。

也對，剛剛確實是我沒經她同意，擅自拉過一個人擋災。沒想到，自己拉住的擋箭牌，也不是什麼簡單角色，一時間被她給氣忘了，倒楣！

女孩沒管我氣得有些發黑的臉色，可愛地用小舌頭舔了舔嘴唇，說道：「關於世界十大靈異事件，我也略有耳聞。不過強硬地拉著人主動談論這些神神怪怪東西的，我還是第一次碰見。厲害！厲害！果然不辱神棍的稱號！」

這個不知名的轉學生說著說著，用力拍起了手，認真地用稱讚的表情，說著貶低的話。

我恨恨地聳著鼻子，惡聲惡氣地說：「都跟妳說了，我絕對不是什麼神棍！」

「好啦，知音同學。告訴你一個秘密。」女孩笑嘻嘻地伸出手指，在我右邊臉頰上輕輕點了點，「其實我和你一樣，都對神秘怪異的東西有點興趣。」

「不過，所謂的世界十大靈異事件，實在是太過虛無縹緲了，沒有真實感。呵呵，小夜，你想不想知道一些就發生在我們四周的，真實的靈異故事？」

我瞪了她一眼，「我跟妳又不熟，幹嘛叫得那麼親密？」

「不要那麼小氣嘛，人家可是很想和你交個朋友的！」她衝我可愛地吐了吐小舌頭，輕聲道：「有興趣的話，我講一個故事給你聽，絕對有趣。」

上課鈴聲恰好響了起來，那女孩停止話題，向我微微一點頭後，往自己的位置走去。

突然，一隻手臂從身後繞過來，狠狠地纏住了我的脖子，隨後，沈科充滿怨恨的聲音，登時迴盪在耳邊。

「臭小夜，還說是兄弟呢，居然在關鍵時刻甩下我！」

「小科啊，這你就不懂了，愛情就像照片，需要大量的暗房時間來培養。我那不是在努力給你製造機會嗎？」我訕笑著，厚顏無恥地為自己找理由。

看著那個帶著點神秘的女轉學生走遠的背影，我的眉頭又沉了下來。

「小科，那個女孩是誰？」

沈科向我指去的方向看了一眼，緩緩說道：「她叫趙韻含，三天前轉過來的。這女孩一天二十四小時，每一分每一秒都帶著讓人暖洋洋的笑容，為人也很溫柔謙虛，所以人緣很好。怎麼，你對人家有興趣？」

「確實是有點興趣。」我的眼睛一眨不眨地望向她的位置。

趙韻含似乎注意到了我的視線，瞇起明亮漂亮的大眼睛，衝我笑起來。笑容猶如春風一般拂過我的心海，但不知為何，我卻絲毫輕鬆不起來。

這個美女，絕對不簡單！

□

「小露，妳要知道，男朋友這種生物的缺點，是要一分為二來看待的。天下沒有絕對的缺點與優點。

「如果他懶惰，那麼，他就會有更多的休息時間。如果他沒錢，那麼，他會出軌的機會就會少些。如果他長得難看，出現第三者的可能就會少些。如果他沒有上進心，他便會把全部注意力，都集中在妳身上。」

咖啡廳裡，一時沒來得及逃掉的我，在下課時被徐露抓了個正著。

見她滿臉淒苦的鬱悶樣子，我只好嘆口氣，陪她到附近的咖啡廳裡散心。可是，她從坐下到現在，一直都低著腦袋，什麼話也沒有說。

最後，我實在忍不住了，開導道：「千萬別以為，真的有那種如同永不磨損的雷達錶一樣的男人，不是遇不到，而是真的沒有。

「我並不是在全盤否定『新好男人』的存在，我是男人，所以更了解男人一點。所謂的男人，這種生物多多少少，總有那麼一點點的殘缺。

「不過，有一些缺點也比較可愛，如果能找到一個敢於把自己的缺點全盤托出，展現在妳面前的人，那個人，就是妳最佳的選擇了！」

「但你說的東西，和小科那王八蛋現在的狀態，根本就是八竿子都打不到一塊兒的兩回事！」徐露總算說話了，她抬起頭，眼神有點呆滯。

「現在的小科，每天都像隱瞞著什麼天大的秘密，一見我就躲。而且，還常常不敢正視我的眼睛，一副做了虧心事的樣子，實在是太奇怪了！

「這種情況，並不是最近才出現的，你上次請假前，我就發現他的行動有些古怪，足足過了一個多月，他還是那個樣子。小科到底是出了什麼事？」

我苦笑了一聲，沈科的不對勁，我也早就發現了，問他，那傢伙支支吾吾的，就是不告訴我。

不論我用什麼花招威脅利誘，甚至揚言要和他絕交，他都始終把上顎和下顎閉得緊緊的，不管怎樣硬是不說，確實太奇怪了！

「小夜，你說，小科是不是真的有了別的喜歡的女孩？」徐露沉吟了一陣子，突然問。

我的手一時撐不住頭，下顎狠狠地撞在了桌子上。

「小露，我看，妳太胡思亂想了！」

我痛得用力捂住下巴，眼淚幾乎要掉了下來，好不容易才用有點變質的聲音道：「以沈科那種單細胞的笨蛋，如果真是變了心，我們早就能看出蛛絲馬跡了。

「何況，他一向都對妳很忠心。雖然他現在的行為舉止，確實有點怪異，不過，我想，他一定有自己的理由。」

徐露滿臉的黯淡顏色，這才稍微好起來一點。

她抬頭一眨不眨地盯著我，似乎想用視線，硬生生地穿進我的大腦裡，半晌才問：「小夜，關於他的事情，你真的一點都不知道？」

「我發誓！」我急忙舉起了右手。

「這樣啊！」她又若有所思起來，過了好一會兒，徐露突然笑了，那種笑容非常古怪，笑得我背後猛然感覺一陣惡寒。

「小夜。」她在臉上保持著笑容，緩慢地說道：「你對小科最近的行為，真的就一點興趣都沒有嗎？

「這可不像平時的你，難道，你也有什麼難言之隱？還是你早就和小科串通好了？」

「我發誓！」我立刻又舉起了右手。

但這一次，徐露毫不客氣地打斷了我，「小夜，我可不是什麼低智商的傻瓜，你又沒有任何信仰，那樣的誓言，根本就不會產生任何的約束作用。

「而且，只要你想做的事，就算發誓過一千遍，還是照樣會毫不猶豫地做的，不是嗎？」

倒楣！完全被看透了。看來我這種人類，果然不適合長久地待在同一個交際群裡。

「妳到底想要我做什麼？直說好了。」我現在的心情，實在是超級鬱悶。

沒想到，自己常用的手段居然被人學會，而且，一絲不少地用到了自己身上，那種感覺，確實不怎麼好受。

「很簡單。」對面的徐露突然來了精神，眼睛發亮道：「我想請小夜幫我調查，小科最近究竟在幹什麼，他故意疏遠我，到底有什麼原因！」

「抱歉，我做不到。」我用力地搖了搖頭，「每個人都有隱私，我不想去挖掘自己好朋友的隱私，那樣太不道德了！」

「雖然這句話很大義凜然，不過，從小夜嘴裡說出來，真的會讓人覺得很沒有說服力。」徐露撇了撇嘴巴，「小夜長久以來，為了自己好奇心做的事情，似乎沒有立場說這句話才對。」

「盜亦有道，總之，我是絕對不會答應的。」我毫不猶豫地再次表明自己的立場。

徐露似乎並沒有氣餒，用自信的語氣小聲說：「那如果我用某個人的資料來換呢？」

「我最近似乎沒有什麼特別感興趣的人。」我站起身就想走掉，再這樣糾纏下去，說不定，她還會想出什麼花招來。

「如果是趙韻含呢？那個新來的轉學生，你最近有注意到吧？

「雖然她人緣很好，而且常常帶著一種溫和的笑容，一副人畜無害的樣子，不過，我發現她有一個十分古怪的秘密哦，你應該會很感興趣的。怎麼樣？要不要考慮看看。」徐露衝我的背影喊叫著。

我的腳步明顯一頓，內心稍微掙扎起來。

確實，今天早晨出現的那個叫做趙韻含的女生，的確有點吸引我的注意，她的行為舉止以及談吐，似乎沒有她常常表現出來的那種無害的感覺。

她對我而言，確實是一個謎，有足以引起我好奇心的本錢，不過，我還犯不著為了她，出賣自己的好朋友。

我默不作聲地走出了咖啡廳。

看來，自己的人生果然不會寂寞，才過沒幾天平靜舒服安逸的日子，又有有趣的事發生了。

嘿嘿，沈科的古怪舉動，我是一定會調查的，那個叫做趙韻含的謎一般轉學生，我也會好好地調查一番。

校園生活，還是要充實一點才好。不然，就太對不起自己的高智商了！

折磨人的白天終於過去，晚上我早早來到學校上晚自習，沒想到剛將抽屜裡的書抽出來，一張粉紅色的信封就隨之飄落到地上。

「情書！」後座的沈科眼疾手快的彎腰，撿起來，嘴裡發出「嘖嘖」的不滿音調，「哪個女孩那麼大膽，居然敢寫情書給你。」

這混蛋完全不把自己當外人，當著我的面把信拆開，取出了裡邊的信箋。只看了一眼，他就呆滯了。

許久才眨巴著眼，疑惑地望向我，道：「這究竟是什麼玩意兒？」

我湊過去，信箋上只有寥寥幾個字。就是這一行好看的小字，令我陷入了沉思。

第二章 怪人

「兄台貴姓？」

對方沉默。

「好，不說算了，你叫我上來幹什麼？」

對方不語。

「你是我們學校的？似乎沒見過你。」

依然沉默。

「好，我抽屜裡的信，是你寫的？」

對方沒說話。

「得了。難道，不是你約我上來的，你只是碰巧來吹吹風而已？」

依舊不語。

「嘿嘿，這伸手不見五指的晚上，你戴墨鏡看得清嗎？」

他沒開腔。

「好好，你別盯著我，我不過是隨便問問，其實，天氣這麼熱，你就把這大口罩摘了吧！」

對方仍舊沒說話

「別指我啊，我不說行了吧，最後問你一句。你頭上戴的這摩托車頭盔哪買的？怪密實的。」

你妹的，這傢伙肯定是在耍我。只是愣愣看著我，不吭聲不出氣。

「哎，既然你不說話，那我可要走了！」

什麼玩意兒嘛！今天果然倒楣透頂了，早上遇到一個討厭的轉學生；下午放學，又被徐露抓了個正著。

晚上一來學校晚自習，就看到抽屜裡放了一封像是情書，內容卻是用生硬的字體寫著的一行字：

晚自習第一節下課後，請到屋頂來一趟，有要事相求。

看字體，我就沒有再奢望，會是暗戀我多年的某個美女，要來一場令人感動的美麗告白。

可是再怎麼想，也猜不到等我的，居然是一個戴著墨鏡，嘴上掛著口罩，頭上還戴著全罩式安全帽的古怪傢伙。

這個世道究竟是怎麼了？頭痛啊！那不會根本就是一封挑戰信，這傢伙做好了完全的準備，要來單挑我的吧？

我剛準備離開，那個怪人總算開口了：「夜不語，我有一件事想請教你，是很怪異的事情。我知道，你曾經遇到過許多匪夷所思的事件，可是我遇到的這件，真的很難解釋。」

「哦，說來聽聽。」雖然我原則上，不願意和一個藏頭露尾的人打交道，不過他的話，倒是有些吸引我的好奇心。

還有，他這身古怪的打扮，確實太搞笑了。

那男子又一聲不哼了，只是取下頭盔，摘下墨鏡和口罩，長長地吁了一口氣，「呼，好熱！」

既然知道熱，還打扮成這樣，有病！我在心裡暗自罵著，定睛看向那傢伙的真實面貌。這個傢伙，我居然認識。

他叫周超凡，我的同班同學，是個異常沉默的男生。

由於他不善交際，一和人說話就結巴緊張，而且做任何事情，都不上不下，沒有任何長項和突出的地方，所以，根本無法引起別人的注意，算是個常常被人遺忘在某個冷僻角落裡的可憐角色。

至少同班了快三年，我居然絲毫沒有注意到，他就坐在我後邊。

「那個，夜不語同學，其實這件事，也不算我的親身經歷。」周超凡結結巴巴的，似乎很緊張，又有點像是不知道從什麼地方說起。

「那是誰遇到的？」見他那副浪費時間的樣子，我就頭痛，急忙引導他進入話題。

「是我堂哥，哦，對了，他叫周壘。聽說大伯父為了取他的名字，可是把四書五經全都翻了一遍，而且——」

「我對你堂哥姓名的由來，一點興趣都沒有！」我毫不客氣地打斷他，「還是說他遇到的怪事好了。」

「哦，對喔！」周超凡緊張地掏出手帕，抹掉頭上的汗水，「我的堂哥，在附近的柳條鎮上，當小學語文教師。

「半個多月前，因為拆遷的關係，搬進了鎮邊緣的一間租屋。從搬進去的那天起，堂哥就不斷地作惡夢，而且一回到那個家，腦袋也變得昏昏沉沉，十分渴睡。

「夢裡，有許多人用力地掐他的脖子，似乎想要將他撕咬開。現在他的精神狀態很差，但是，因為已經交了一年的房租，不管別人怎麼勸，他就是不願意搬。」

說到這裡，周超凡唐突地停住了。

我等了許久，也沒發現他有再講下去的打算，實在忍不住，這才試探地問：「完了？」

「嗯。」他點了點頭。

「這就是你所謂怪異的事情？」我大失所望地轉身就走。

周超凡連忙慌亂地拉住了我，「確實很怪異啊，你不覺得嗎？我堂哥租的房子，一定有問題。

「還有，他們那棟樓房出去，就有個亂葬崗，一到晚上陰風陣陣，怪嚇人的。」

我冷哼了一聲，甩開他道：「許多人搬了家後，由於心理狀態和健康的因素，會睡覺睡得不踏實。

「有的人如果不用自己習慣的枕頭，也會變得惡夢連連。還有的人由於水土不服，肚子痛等原因，睡覺後，潛意識會就身體的狀況，對大腦發出警告，造成作惡夢。我看你堂哥，恐怕也是其中之一，沒什麼好奇怪的。」

「可是，可是……」周超凡額頭上的汗水更多了，他緊張得全身都在顫抖，嘴卻結結巴巴的，再也形成不了一個完整的句子。

我沒有再理會他，轉身下樓了。

拐角處，趙韻含穿著一襲白色的連衣裙，背靠在牆壁上，像是在等誰。

她長長的秀髮紮成了馬尾，在昏暗的走廊燈光下，靜靜地散發著迷幻的色彩，整個情景，美得就像一幅看了會讓人心靈舒展的畫卷。

「在等我嗎？美女。」我暗自一躊躇，然後笑著走了過去。

「明知故問。」她絕麗的臉上，依舊帶著溫柔的笑意。

「找我有什麼事？」我故意對她的微笑視而不見，靠在她左邊的牆上，眼神望向窗外無邊的濃濃夜色。

「和超凡談得還好吧？」她問。

「要怎麼樣，才算妳口中的『還好』？」我反問。

她笑，用手指輕輕按住小巧的嘴唇，「意思就是，你對他的故事，有什麼看法？」

「完全沒有任何看法。」我聳了聳肩，「他那一身古怪打扮，是妳唆使的吧？」

「什麼叫唆使，這個詞太不文雅了。人家本來以為那身打扮，可以充分地引起你的好奇心的。」

趙韻含的眼中，閃過一絲看戲的笑意，「早上我就說過，要告訴你一件就發生在身邊的靈異事件。我說的，就是發生在超凡周圍的事情。」

「所謂靈異事件，似乎要由許多無法解釋的因素組成才對吧。」我哼了一聲，「但是，周超凡所講的事情，根本就不值得大驚小怪。」

「是不是值得大驚小怪，要看情況而定。不過，超凡的口才實在不好，明明很靈異的事件，從他口裡說出來，就變得很平淡沒有味道。」

趙韻含遞給我幾張資料，輕聲道：「看看，如果看完以後，你還覺得不靈異的話，我就隨便你怎樣。」

疑惑地接了過來，還沒等我開口詢問，她已經帶著一絲風走掉了。空氣裡，似乎依然瀰漫著她身上幽幽的香味。

我深深地吸了一口氣。

這個女人的種種行為，似乎都是為了挑起我的好奇心。那麼，究竟她接近我有什麼目的？奇怪，實在太奇怪了！

□

趁晚自習的時候，我翻開資料看起來。

上邊有兩份剪報，第一份說的是十一號的時候，柳條鎮附近的監獄裡，有個獄警開槍殺死了一名囚犯，以及兩名前來察看情況的獄警。

當刑警找到他的時候，他已經在自己租的房子裡自殺了。據說那個案子，到現在還有許多疑點。

這個叫張宇的獄警，剛從警校畢業，今年二十四歲，半個月前，才正式來柳條鎮監獄上班。

他的同事聲稱，這個年輕人平時做事很謹慎小心，有上進心，不大可能會幹出這種事情。

警方調查後，並沒有發現被殺的三人和張宇有任何過節，至今他殺人的動機，仍舊沒有找到。

隨著他的自殺，這個案件，恐怕會變成永遠的懸案。

第二份剪報的內容，也是殺人案。說的是柳條鎮一名叫做張小喬的二十六歲女性，在早晨的南街天橋上突然發瘋，用美工刀殺死了三個人，並導致五人受傷。

而死者中有一名男子，是她的同事。

警方稱，這名女子是半個月前，來到柳條鎮定居的。

行兇後被逮捕時，該女子已經神智不清，現已送往市精神病院治療，據她的主治醫生說，她至今都具有極強的攻擊性。

看完剪報，我暗自思索起來。

這兩個風馬牛不相及的人和事件，趙韻含幹嘛要把它們收集到一起給我看？

不對，也不是真的沒有關聯，事件都發生在柳條鎮，而且，兩人同樣是在半個月前搬去的，但這樣的關聯，能說明什麼呢？

周超凡那小子不是說，他堂哥也是在柳條鎮遇到所謂的怪異事件嗎？難道，趙韻含是在暗示我，這三個人、三件事，有著某種必然的關聯？

我用力甩了甩頭，朝後向周超凡瞥了一眼，見他心不在焉的，不知道在想什麼，便輕輕敲他的桌子，喊道：「喂。」

他被嚇得立刻站了起來，大聲朝老師喊著：「我有在認真聽講。」

「聽什麼！小聲點，你看，把旁邊睡覺的同學都吵醒了！」講臺上的物理老師也被嚇了一跳，皺起眉頭道。

沈科無辜地抬起頭，用力擦了擦嘴角的口水，氣惱道：「就是，還讓不讓人睡覺了？」

「你還有理，哼哼。」物理老師乾笑了幾聲，用書輕輕敲了下他的腦袋，「上課時間居然給我睡覺，把物理課本拿回去抄十遍，明天交不出來，就別進教室了。」

頓時，整個學校都響起了某人的淒慘叫聲。

我裝作完全不知情的模樣，趁亂用力將身後的周超凡拉坐下，輕聲道：「這個禮拜天，你帶我去拜訪你家的堂哥。」

雖然不清楚整個事件的問題所在，甚至不知道，這三人究竟有什麼相同的地方，不過，我還是準備好好調查一番。

既然是那位美麗的轉學生為我準備的禮物，如果我不懷著虔誠的感恩心笑納，就太對不起趙韻含了。

何況，這些事件，確實有點意思！

第三章 符水化骨

「你們知不知道，其實巧克力裡，含有一種稱為苯基的化學物質，那種物質，跟你在和某人談戀愛時，大腦裡可以製造出來的東西一樣。

「還有，你們絕對不知道吧，每個人的坐姿都不一樣。就算是雙胞胎，接受的教育也完全相同，但是，坐姿還是會有微妙的差別。」

又是新的一天，離週末還有兩天，總覺得時間越來越漫長了。

我今天也是在往常的時刻起床、吃飯、上學。然後趁著下課時間，為一群同樣無聊的色男色女傳授知識。

不知道從什麼時候起，話題轉到了坐姿上。

我悠然地說：「其實，從一個人的坐姿如何，完全能看出他的性格。特別是女孩子，比如說妳。」

我指著左邊一個雙腿交叉，坐得很舒服的女孩，「雙腿交叉，即使穿裙裝也不易走光，經常是這種坐姿的女性，一般都以自我為中心，不太會受男友的擺布，有『大女人』之稱。

「不過，她們待人真誠，同她們交朋友不是很難。當然，如果要真正地擁有她，那又是一件難事了。不過，她們在很多事情上都放得開，會活得很瀟灑輕鬆。」

「好準喔。」她旁邊的一個女孩立刻驚訝地說道：「我呢？我是怎樣的人啊？」

「妳嘛。」我笑著看著這個小腿叉開呈倒V形的女孩，「坐姿呈倒V形的女人，是天真而又可愛的一類，不過，她們最受同性的歡迎，而不是異性。

「異性雖然對她們的可愛和天真莫大的傾心，但卻常常被她們的被動性所嚇阻。而且，一旦與她們確定了關係後，就休想有輕易脫身的機會，不過，如果想討個這樣的老婆，如此說不定就正合某些人的意啦！」

「嘻嘻，我呢，我怎麼樣？」一個雙腿叉開，坐得很豪爽的女生叫嚷起來。

我看了她一眼，「雙腿叉開的女性，在性格上較豪爽，在思想上，更是主動而不拖沓。

「剛開始，她的男友會覺得同她交朋友很簡單，甚至感覺她有點男孩子氣，可是，以後就會被她的魅力所深深吸引，而且不能自拔。

「她並不會單因為誰的財力，而和誰在一起，更多的時候，她看中的是男人的個人魅力。」

「好準！」那個豪邁的女孩，驚喜地拍著旁邊人的肩膀。

我暗自笑著，這些籠統的東西，說白了就和算命一樣，把許多模糊而且似是而非的詞語堆砌起來，讓聽的人自己去找焦點和相似處，不過，也只能欺騙一下小女生罷了。

「呵呵，小夜，在玩什麼有趣的東西？怎麼都不叫上我。」一個清亮溫柔的聲音傳了過來，讓聽的人頓時涼爽了不少。

趙韻含不知什麼時候，走到了我們這個圈子裡，帶著招牌似的微笑問道。

「小夜在看我們的坐姿測性格哦，很準的。」看來，她的人緣真的很好，旁邊立刻有人熱情地招呼她。

「那也幫我看看，好不好？」趙韻含雙手合十，做出一副企求的樣子，不過，語氣裡卻沒有半點企求的意思。

「好啊，那妳坐下。」

趙韻含乖乖地雙腿併攏，坐得端端正正的，「我的性格還好吧？」

「還算不錯。」我似笑非笑地說：「雙腿併攏，其實是最斯文的一種坐姿，喜歡這種坐姿的女人，一般也都比較斯文大方，她們比較注重形象，認為漂亮是非常重要的。

「她們喜歡唯美，追求的男性如果沒有點耐心，或比較優秀的話，那說不定就會碰壁而歸。」

「哇，我是這樣的人嗎？」她誇張地用手捂住嘴，「原來，我居然是個唯美主義者，唉，看來，這輩子恐怕是嫁不出去了。」

「我看倒是不一定。」雖然不知道她想幹嘛，不過，我還是毫不猶豫地就接招，「這個世界那麼大，如果妳慢慢找下去的話，運氣好，或許可以在更年期的時候，找到一個符合妳唯美標準的人。」

「不過，我倒是覺得小夜你滿唯美的。以後我真的嫁不出去，你願意娶我嗎？」她衝我可愛地眨了眨眼睛，周圍頓時響起一陣陣噓聲。

中招了！沒想到，居然被她擺了一道。如果這番話，被周圍這些高音喇叭給傳出去，不知道到了第二天，會流傳成哪種版本。

不管了，總之，以不吃眼前虧為原則。我臉不紅心不跳地回敬：「妳願意嫁，我當然願意娶。

「不過，既然我是個符合某個唯美的人唯美標準的好男人，自然標準很嚴格，也沒什麼吧。就怕妳嫁給我以後受不了，一天到晚想逃跑。」

趙韻含笑得更甜了，兩邊的小酒窩美得讓人顫抖。

「人家不怕。人家可是有著優良傳統的女性，還是知道什麼叫嫁雞隨雞，嫁狗隨狗的道理，就怕你不敢娶。」

「可惜，我不是雞，也不是狗。」我乾笑兩聲，心裡大肆埋怨，今天的下課時間怎麼那麼長，居然到現在還不響上課鈴。

太悶了，我夜不語居然也會有口舌之爭落下風的一天，難道最近我時運低，走楣運？

□

好不容易熬到下午放學了，在大門口，難得的碰上了沈科那傢伙。

更難得的是，他一把抓住了我，悠閒地和我一起回家。

「今天怎麼有空想起我這個老朋友。」我訕笑著調侃他。

這小子大概和我在一起混久了，臉皮也變得和某個世界奇蹟的牆壁一般厚，臉不紅心不跳地說：「我今天也不算有空。」

「哦，那你最近在忙什麼？」我死死地盯著他，想從他的厚臉皮上看出點端倪。

沒想到，他卻給我打起了太極，指著前方，湊到我耳邊輕聲道：「你看那裡，好像是你老婆！」

「我什麼時候冒出個老婆來了？」我一腳踢在了他的豐屁上。

「還不承認，你早上不是到處宣揚，你以後要娶趙韻含嗎？」沈科委屈地揉著自己的屁股，「整個學校都知道了，你賴不掉的。」

「我有那麼出名嗎？一個謠言才半天多時間，就傳得全校皆知？」我摸了摸自己的臉。

沈科重重地哼了一聲，「不是你出名，而是這件事本身很有震撼力，傳播速度當然非同一般。」

果然，我就知道身旁那群八卦三八的高音喇叭會到處傳，但沒想到，居然會那麼快。

完了，還是轉校吧！正在我摸著下巴考慮該何去何從的時候，那傢伙不客氣地打斷了我。

「你老婆快要走得沒影了，究竟跟不跟上去？」

「去你的，我幹嘛要跟上去？還有，再敢亂說她是我老婆，小心我踢死你。」我又一腳踢到了他的屁股上。

沈科咕嚕咕嚕地在嗓子眼裡不知咕噥著什麼，最後自認倒楣地道：「算了，算我多事。我本來想好心告訴你，她走的方向，根本就不是她家的位置。」

「她要去幹嘛，關我什麼事情，你也太操心了。」

我狠狠地瞪了他一眼，然後瞇起眼睛乾笑，「不對啊，你怎麼知道她家的位置？難道你移情別戀，拋棄了徐露，愛上她了？

「哼哼，難怪最近你一副忙得很的樣子，而且對小露不冷不淡的，還到處躲著她，原來是忙著去跟蹤了！」

「我！我對小露一直都是一條心，絕對不會變的。哪像小夜你這個花心鬼，變心變得比翻臉還快！」沈科漲紅著臉，氣憤地說：「我是偶然間，發現你老婆的家的。

「小夜，你不覺得她現在走的方向，有點熟悉嗎？」

我仔細地看了一眼，突然全身僵硬得在原地石化了。那裡，不正好是我家嗎？

「嘿嘿，小夜，你完蛋了。看來，她準備以兒媳婦的身分，先去拜訪你的雙親，然後名正言順地搬進去，和你同居！」沈科嘲笑地指著我，滿臉的燦爛，別提有多開心了。

我瞪了他一眼，緊閉著嘴，說不出話來。

那女孩，究竟想幹嘛？我承認，她給我一種神秘的感覺。

我幾乎無法揣測，這個思考邏輯胡亂跳躍的女子在想什麼，想做什麼？她下一步到底要怎麼樣？她的行為，究竟有什麼目的？哎，頭痛。

沒想多久，我一把拉著沈科，緊緊地跟在了她身後。既然想不通，還是靜觀其變好了！

沈科又咕噥起來：「怎麼把我也給算上了，我還有事情，恕不奉陪。」

「你敢溜掉試試，小心我從明天起，慢慢地告訴你，什麼叫生不如死。」我頭也不回地威脅道，視線一直沒有離開過趙韻含的背影。

只見她非常悠閒地走在大街上，還閒暇地左看看，右看看，不時進入商店裡，看看衣服和一些精緻漂亮的小飾品，完全感覺不到後邊兩個跟蹤者的焦急情緒。

那絕麗的面孔，招牌的溫和微笑，人畜無害的柔和眼神和超強的親和力，讓一路上的色男們頻頻回頭。

這女人真的是天生的明星！我在心裡暗自嘀咕著，腳下也沒閒著，充分利用任何可以裝成路人甲的要素，隱密地、慢慢地，不遠不近地跟蹤著。

快到我家的時候，她像看到了什麼，停下腳步，朝著一家水果店門口走去。

沈科立刻點頭，「嗯，真是個好女人，還知道拜訪對方父母，不能空手去。」

「去你個頭！」我好不容易才強忍住一腳踢過去的衝動。

趙韻含走到一個哭泣著的男孩面前，蹲下身子，用柔和溫膩得可以讓人化掉的聲音問道：「小弟弟，你怎麼了？」

面前的男孩不斷在鼻腔裡醞釀著哭聲，可憐巴巴地看了自己手裡的碗一眼，然後哭得更淒慘了，就像受了莫大的委屈一般。

趙韻含愛憐地用衛生紙，輕輕將男孩臉上哭出來的有色痕跡擦掉，「原來被魚刺卡住喉嚨了？爸爸和媽媽呢，都不在嗎？沒關係，姐姐有很厲害的辦法哦。」

她走到不遠處的超市那裡，買了一瓶礦泉水，又回到小男孩面前，在紙杯裡倒了一些，站在原地不動，把食指放在杯緣，閉著眼，嘴裡嘰嘰咕咕地唸了幾句咒語，一分鐘不到，就把杯子遞給了小男孩。

「喝了就不痛了。」

男孩子依然在大哭，死活不肯喝水。

趙韻含輕輕捏著他的小臉蛋微笑著，耐心地說：「不怕，喝了姐姐買糖果給你吃喔。」

看著這一幕，我渾身猛地一顫，眉頭緊緊皺了起來，「符水化骨！她居然會符水化骨！」

「符水化骨？那是什麼？」沈科疑惑地望著我。

我依然眼睛一眨不眨地盯著趙韻含的一舉一動，解釋道：「符水化骨，據說是過去民間很流行的一種實用道術，我自己倒是從來沒有見過。

「只是曾經聽二伯父講，他外婆會用唸咒的方法，化掉別人卡在喉嚨的魚刺，具體方法，是用小碗裝一碗水，嘴裡唸著咒語，同時把右手的食指伸進水裡畫圈，然後讓人喝下，魚刺就會莫名其妙地變不見了。

「還有，作這個法術的時候，一定要躲在門背後，不能讓人看見。但隨著時代的變化，這個小法術也和許多神秘的東西，一起漸漸湮滅在了歷史的夾縫裡，再也沒有了。沒想到，現在我居然還能親眼看到！」

「太神奇了！說得我都想親自實踐一下！」沈科感動得雙手緊握，一副白痴樣。

我重重哼了一聲，「那你先去讓魚刺卡住喉嚨，卡到沒有辦法解決再說。」

那傢伙完全沒有在意我的譏諷，像是想起了什麼，問道：「為什麼剛剛趙韻含沒有躲著？而且她的手指，也沒有伸進水裡吧？」

「可能是功力深淺的問題。」我回想了一下，「從前二伯父跟我講的時候，還提到他外婆的法力，只是入門程度。這個符水化骨，有功力深淺之分。

「功力最淺的人，作法會有許多限制之處。功力深的人，不用化符水，說說話就行了，更深一點的，打個電話也可以。

「據說功力最深的人，只要告訴他哪個方向、哪個人，被骨頭卡住了喉嚨，他朝那個方向說幾句話，事情就搞定了！不光是魚刺，就算很大塊的骨頭也化得掉！

「不過，我一直都覺得這是在吹牛。根本就沒有任何人，有能力做得到這種玄乎其玄的事情。法術這種東西，絕對不可能存在，我一直都覺得，這個所謂的符水化骨，應該有可能是一種心理暗示的手段！」

說話間，趙韻含用匙子舀了幾滴水，準備往小男孩嘴裡灌，男孩在糖果的誘惑下，不情不願地張開小嘴。

她小心地灌了一滴水進去，等到把第二滴水再灌進嘴裡時，小男孩突然不哭了，也不再露出痛苦的樣子，只是奇怪地捂住喉嚨，然後試著開始發音。

「姐姐。」他用秀氣的聲音輕聲喊著。

「好乖，已經沒問題了，我們去買糖果吧。」趙韻含溫柔地笑著，牽著他的手朝超市走去。

「好像變魔術啊。」沈科看得兩眼發直，置疑道：「這個方法，似乎與心理暗示無關才對。

「你看，那小子看起來才四歲多，什麼都不懂，應該沒法接受得了任何暗示。何況，如果真是心理暗示，就能化掉實實在在的物質，那不是更神奇了嗎？」

我沒有說話，自己也被剛才看到的一幕震撼了。

剛剛會不會是趙韻含偷偷把水換掉？不可能，假如換掉，又能換成什麼東西？如果真有什麼液體能夠把魚刺化掉，而不損傷咽喉和口腔，這種藥水，足夠申請專利大賺一筆了！

難道是巧合？大多數人都有被魚刺卡過的經歷，一般誰也不會傻得去醫院，通常七搗八弄刺也能弄得掉。

可是，符水化骨的方法流傳了上千年，既然能流傳那麼久遠，也就說明成功率很高，絕非什麼絕無僅有的巧合。

難道這個世界，真的有法術的存在？趙韻含又是從哪裡學到這一手的？

這個女孩，真的是越來越讓我感興趣了！

第四章 雎鳩

「關關雎鳩，在河之洲。窈窕淑女，君子好逑。

「『關關』就是鳥叫的聲音，叫得非常和諧動聽。『雎鳩』是一種鳥，詩人他聽到這個鳥『關關』的叫聲，很和諧很動聽的樣子，便順著聲音往下一看，原來是雎鳩。牠正呆呆地和自己的妻子散步在河之洲上。這首詩，寫得很美，不是嗎？」

前天，趙韻含並沒有到我家去，她只是悠閒地在那附近繞了一圈，然後回家去了。

我懸著的心，好不容易才放了下來，然後，讓昨天平靜地度過。

徐露和沈科，這兩個感情幼稚園沒有畢業的傢伙，依然在冷戰，沈科有意無意地躲，徐露假裝絲毫不在意，看得我大感無趣。

週末放兩天。

我將所有東西胡亂塞進課桌抽屜裡，然後揹著空蕩蕩的書包，舒服地往外走。

沒想到一出門，就看到趙韻含陰魂不散地背靠在校門口，衝我甜甜地笑著，還莫名其妙地說了以上的話。

我哼了一聲，「這首詩的確很美，不過請注意，即使是詩人也很明白，如果說雎鳩關關，就沒有了詩的意境了。

「先聞其聲，後見其鳥，更會讓人產生神秘感。」

趙韻含沒有理會我話語裡的諷刺，只是仰起頭，望著萬里無雲的碧藍晴空，說道：「洲，水中可居人者，才能叫做洲，也就是水中突出來的土堆，或者在岸邊的大地，都可以稱之為洲。

「據說這種雎鳩，很喜歡在河洲上行走，真的好想知道，雎鳩究竟是怎麼樣的一種鳥！」

我猜測不透她究竟想向我表達什麼，只好順著她的思路回答：「《毛傳》裡邊曾經提到過，雎鳩，王雎也，鳥摯而有別。古代《箋云》裡說，摯之言至也。謂王雎之鳥，雌雄情意至然而有別。

「朱熹的《集傳》記載的雎鳩，是水鳥。形狀類似鳧，主要生活在江淮一帶。生有定偶而不相亂，偶常並遊而不相狎。所以，《毛傳》裡說牠一身摯而有別，到死也只有一個伴侶。」

我吸了口氣，「我看過一些研究，總結起來，雎鳩應該是一種水鳥，後人稱之為魚鷹。這種鳥有一個特點，即生有定偶而不相亂，而且，這種鳥摯而有別。

「一般的動物發情時，是亂來的，當著人的面，就可以開始做愛——做的事情了。所以古時候，常常罵狗什麼的叫做畜生。雎鳩這種鳥就不一樣，牠發情的時候通常躲起來，人看不到牠，一般的動物也看不到牠。

「哼哼，現在的世道，許多人可能連睢鳩都不如了，發情的時候，不但不會躲，還想讓人觀賞，多多益善，互相切磋。」

趙韻含「噗哧」一聲笑出聲音來，她捂住嘴，柔柔地說：「和你聊天果然很有趣。不過，睢鳩的定偶不相亂，好像指的是雄睢鳩才對吧。

「雄睢鳩只要找到自己理想的伴侶結婚了，就再也不會跟其他雌睢鳩相互卿卿我我，甚至斷絕往來的可能性。」

「不光是雄的，雌的也是一樣。」我可不想搬起石頭砸自己的腳掌，補充道：「雌睢鳩找到自己的白馬王子以後，也不會再跟其他雄睢鳩保持曖昧的關係。」

「我總覺得睢鳩，是比鴛鴦還厲害的存在。」趙韻含滿臉的嚮往，嘆了口氣，「決定了，下輩子我就做一世的睢鳩，終其一生守候在自己最愛的人身旁，照顧他，呵護他，嘘寒問暖。讓他感覺到，能娶到我這個妻子，是他這輩子最大的幸福。」

「怎麼女孩子都喜歡這麼肉麻，而且完全不實際的空想。」我撇了撇嘴。

「是你不解風情，而且心硬如鐵，沒心沒肝，從來都是以自我為中心，絕對不會考慮別人的想法罷了。」

她的臉上微微有一絲怒氣，不過一閃而過，讓人覺得看到的，似乎只是錯覺。

「沒想到居然有人，可以平靜溫柔地把這麼一番毒辣的話，說得那麼流暢，而且，還絲毫不會讓對方有生氣的衝動。妳果然不尋常！」

我苦笑起來，皺眉道：「我們兩人，還是敞開天窗說亮話好了，妳在這裡等我，到底有什麼事？不會真的只是想讓我解釋一下雎鳩這種生物吧。」

「猜對了，我根本就只有這個目的，是你想多了。好，目的達到，再見！」

趙韻含的笑容越發甜美，但是，我卻絲毫沒有欣賞的心情。

她用滿灌的笑容砸到我的頭上，然後優雅地轉身，身下的白色衣裙流暢地微微揚起，帶著一絲馨香的風，撲進了鼻子裡。

唉，越來越搞不懂，這個女人究竟想幹什麼了！

不過，〈關雎〉這首《詩經》裡的詩詞，一共分了三個部分，第一章是起興，第二章是求淑女之方，第三章是求到以後如何過夫妻生活，提倡夫妻要閑邪存誠。

難道，這個趙韻含患有多種青春期症候群，開始思春了？惡寒……

□

小怡：

還記得嗎？過去，鬧鐘響的時候，妳常常有把它拍了再繼續睡的毛病，但是自從我在鬧鐘旁邊，放了三個老鼠夾之後，妳的毛病就徹底根除了。

剛剛看了妳的信，沒辦法形容，自己的心裡是什麼感受。

確實，妳沒有提過要分手，不過，妳的話裡處處都透露出對我的厭倦。

每次和妳在一起，妳不是不耐煩地對我說「你大可不用這樣」，就是說「你其實可以選擇放棄」。

男人，不管臉皮有多厚，也還是有自尊的。妳說那些話的意思，就像一直都是我死活要賴在妳身旁一樣。

妳的信裡，不也是在要求我放棄嗎？

感情，也是需要活路的。妳對我的態度，給我的感覺，居然讓我找不到一線生機。

對，我承認我很膽小，我不敢再輕易地付出大量感情，我再也沒有幾個兩年半可以痛苦了。

我常常說自己是好男人，不過是和妳開玩笑，緩和氣氛。

我的好，只不過是對特定的幾個人罷了。

不過對於這份感情，我確實在努力地經營，但不論我怎麼努力，妳都是那樣，抱怨、沉默、責備，還有不信任。

我累了，其實，只需要妳對這份感情努力一點，不需要太多，只需要向前微微走我可以察覺的一小步，我都不會放棄。

但是，妳卻一步都懶得走，讓我只能感覺到煩。

妳說，我不帶妳去見我朋友，那妳是不是應該換一個角度想想？說不定那些朋友，我自己也不想見，說不定，我只是想有多一些和妳單獨在一起的時間。

雖然，和妳在一起並不快樂，但我始終沒有放棄，去尋找可以讓兩人愉快相處的模式。不過，現在說這一切都晚了。

沒錯，我也很自私，我對妳的付出也需要回報。我希望妳終有一天，可以認同我這個男友，可以挽著我的手，笑著對我說，妳很幸福。

最後才發現，我們的性格註定了，妳不能給我我想要的，而我，也不能達到妳所想的。既然這樣，那就短痛好了。

雖然我很清楚，撐到妳工作穩定的時候，我們的生活也會逐漸回復，我有許多辦法可以讓它好起來。

可是我對感情，畢竟可以算是像六十歲的老頭一樣，要的是平淡和充實，而妳，需要的是新鮮感和刺激。終有一天，我們會在這個問題上碰撞，結果一樣會分手。

沒有懸念的感情，會讓人更累。

或許我需要的，是個更踏實的女人吧。妳不用謝我什麼，我為妳做的一切，都是男友的義務，是心甘情願地付出。

看了妳的信，似乎感覺妳的字裡行間，透露出一絲輕鬆，也讓我確定了，分手似乎確實做對了。雖然和妳分手，算是一次衝動。

最後一次叫妳親愛的，最後一次幫妳付電話費，我以後都不會在妳身邊了，照顧好自己。

最後的最後，勸妳一句，個性真的要改。希望妳的下段戀情，會遇到一個妳真的能愛上的人。

再見，祝妳幸福。

徐舜鴻將分手信寫完，在郵箱前徘徊了很久，終於將信投了進去。那一秒鐘的動作，似乎用盡了自己最後的一絲力氣。

他緩緩爬上二樓，打開門，走進自己的房間裡。

半個多月前，他和即將結婚的未婚妻吵架了，吵得很兇，兇到兩個人都需要時間靜靜地考慮，他們是不是還適合在一起生活。

於是，徐舜鴻搬了出來，在柳條鎮邊緣的偏僻地方租了間房子。

雖然這棟樓很舊，沒什麼人氣。不過，對於心情低沉的自己，這樣的環境，反而是最適合的。

不知不覺，已經在這裡住了將近半個月，花了這麼長的時間思考，他終於決定分手。

重重地躺到床上，徐舜鴻深深地吸了口氣，眼神呆滯地望著天花板。

明明是自己深思熟慮後的決定，為什麼，自己的心還是很痛？

自己，真的割捨不下她嗎？但是為什麼，理智卻偏偏告訴自己，分手才是最好的結局呢？

他煩躁地坐起身來，呆呆地望向窗外。

已經是晚上十點過了，還沒有吃晚飯，肚子卻出奇地感覺不到一絲饑餓。隨手打開電視，卻找不到任何有興趣的節目。

突然，他腦中靈光一閃，對了，書上說，失戀心情不好的時候，最好不要一個人待著。如果找不到豬朋狗友，最好玩一些刺激性的遊戲。

徐舜鴻用手撐住頭，苦苦地思索起來，什麼東西比較刺激？召靈遊戲？好像很不錯的樣子，可是有什麼遊戲，一個人能玩呢？

猛地，一個遊戲唐突地跳入了腦海。

自己的故鄉，似乎有一種很特別的召喚遊戲，據說很有效！徐舜鴻緩緩走下床，對著鏡子，整理了一下自己亂糟糟的頭髮。

那個遊戲很簡單，也不需要什麼特別的工具，只需要挑一個沒有月亮的夜晚，最好那天晚上的月色是黑色的。

他又往窗外望了望。

渾圓的月亮被雲層蓋住了，厚厚累積的雲周圍，只有微微的一絲光芒，但奇怪的是，月暈卻不是往常的昏黃色，而是黑色，如墨一般的黑色。

那雲層上，像是被吞噬了一塊的顏色，微微散發著詭異的氣氛，顯得極為刺眼。

徐舜鴻絲毫沒有感覺奇怪，甚至覺得理所當然。他拿起表姐送給他的一個造型怪異的人偶，緩緩走到了臥室的陽臺上。

他在陽臺上走了三圈，速度很慢，步子也不大。很快，三圈就走完了。

他飛快地跑到自己的床前跳了三下，接著，他又對著自己的人偶打了三下，然後，抱著人偶睡在床上。

徐舜鴻做完了這一連串可笑到令人感覺荒唐的事情，自己都忍不住笑起來。真是服了，今天的自己，真的有夠不理智的。

突然想到了什麼，他皺起了眉頭。

對了，雖然自己聽過這個請仙召靈的方法，可是卻完全不知道，這個方法最後的目的和作用是什麼，更不知道，用這個方法請來的東西，究竟用什麼方法才能送回去。

「我真是傻呆了，有人說，戀愛中的情侶，智商是零。我看失戀的人，智商甚至會降到負數！」他苦笑地搖著頭，自言自語道：「這個世界怎麼會有仙鬼什麼的，不過是個無聊的整人遊戲……」

自語聲還沒有落下，突然他感覺整個身體都僵硬起來，有一股惡寒從腳底爬上了背脊。

冰冷的涼意，即使在秋夜蓋著羽絨被的他，也絲毫沒辦法阻擋，只覺得冷，刺骨的冷。

窗外，萬物寂寥，濃烈的夜色覆蓋著整片大地，似乎蟲子也厭倦了千篇一律的鳴叫，今夜顯得特別安靜。

就在這時，門口，一陣若有若無的空蕩敲門聲，不斷響了起來……

□

有人說，睡覺睡到自然醒，是人生最快樂的事情，那今天的我，明顯地應該快樂。禮拜六的早晨來得特別快，我醒來時，周超凡已經在客廳裡等著了。

他拘束地坐在沙發上，坐得端端正正的，身前的咖啡似乎動也沒動過，也沒有冒著熱騰騰的蒸氣，恐怕已經泡了不短的一段時間。

「你什麼時候來的？」我吃著傭人端來的三明治，喝著咖啡，含糊不清地問。

「七，七點半。」他小心翼翼地回答，真不知道在害怕什麼。

我看了一眼對面的大鐘，十一點四十，也就是說，這傢伙居然規規矩矩地等了我四個多小時。這世界上，竟然有低神經到這麼恐怖的人，看來，他也不是個普通的怪胎。

絲毫沒有同情他的意思，我輕皺眉頭，望向傭人，「怎麼不叫我一聲？」

傭人立刻低下頭，避開了我的視線。

突然，我乾笑起來。對了，我這個人在假期一向都很會賴床，如果有人膽敢打擾我舒服的睡覺，不管是誰，我都不會給面子。

家裡的人，早就因為我這個小小的優良習慣，而吃夠了苦頭，最後養成了一種默契：誰想死得快的話，誰就去敲我的門，叫我起床……

看著我在若有所思著某些東西，周超凡猶豫了許久，這才戰戰兢兢地說：「夜不語，我們再不去柳條鎮的話，似乎，那個，晚上恐怕就來不及回來了。」

「沒關係，我叫人開車送好了。總之是鄰鎮，二十幾分鐘就到了。」我滿不在乎地慢悠悠喝著咖啡，好不容易才吞下最後一口，這才站起身，準備出門。

到達目的地的時候，已經是中午十二點半了。

走下車，習慣性地向周圍望了望。

眼前果然是一棟破舊的老樓房，只有三層樓高，看起來應該有三十多年歷史了。不過，樓房的主人似乎很愛惜它，清潔衛生做得還不錯。

樓下停著幾輛警車，以及幾個零零落落，跑來看熱鬧的市民。我像是聞到了芬芳氣味的蒼蠅，立刻向那邊跑去。

周超凡的臉立刻籠罩上一層擔心，「這棟樓沒住幾個人，不會是堂哥出什麼事了吧？」

我沒理會他，擠進人群，向周圍的人問道：「發生什麼事了？」

有個好事的人，立刻熱情地回答了我，興高采烈的樣子，就像很興奮能夠有什麼東西，可以拿出來炫耀。

「是這棟陰樓的一個二樓住戶，昨晚跳樓自殺了。今天早晨，才有人偶然發現他的屍體。不過，他死得很詭異。」

我一邊向前望，一邊繼續問：「怎麼叫這裡陰樓？」

「這裡本來就是陰樓，搬進來的住戶，不是倒楣地摔斷了腿，就是變得瘋瘋癲癲的。有人自殺，已經不是一次、兩次了。」

自殺者的屍體正好檢查完畢，放到擔架上，準備抬進車裡。走過我身前時，一陣風吹過，讓死者的上半身露了出來。

那人是男性，不過，已經摔得面目全非，周身血淋淋的，頭頂像是爛掉的柿子一般，平整地凹進去一大半。

奇怪了，我定定地望著屍體發呆。

雖然說只要姿勢正確，就是從二樓跳下來也會死。但是，眼前這具屍體的狀態，明顯只會出現在從很高、極高的地方摔下來的情況。

一般而言，跳樓致死的原因，分別為強烈的衝撞、撕裂、擠壓、摩擦和震盪作用，而導致骨骼及重要器官的破壞。

通常先著地的部位，損傷最嚴重，就是說，如果手腳或者屁股或者頭先著地，那麼手腳或身體，都會變成多截棍似的，或是腦袋變成爛柿子。

而胸背著地，因為內出血而致死的，就會因肺及消化器官等等溢血，而呈現七孔流血。特別是胸口先著地的，通常伴隨著口臉，牙齒會碎得滿地都是。

噁心的是，因為人的骨骼及肌肉等保護機制的關係，除頭顱先著地外，一般跳樓的人，都不會馬上喪失知覺，有時需要一個極其痛苦緩慢的過程，才會真正死亡，實在不算一個好的自殺方法。

可是，眼前的這具屍體，卻完全顛覆了常識。

不是說，他只是從二樓跳下來的嗎？但是，他的身體比例矮了一截，似乎是因為腿骨被擠進了肚子裡，但頭部也有明顯衝撞的痕跡，根本就無法判斷，先接觸地面的，究竟是哪個部位。

屍體就像是球體一樣，從四面八方被大力地擠壓，又從非常高的高度摔下來，這樣才說得通。

但是，有可能嗎？

先不管實際操作的問題，我移開視線，向死者掉落的地方望去。位於樓後方，第三列客房的正下方位置，有一個類似人形的坑洞，大概有二十公分深。究竟要多大的衝撞，多高的高度，才能造成這麼深的坑呢？只有一個可能，死者絕對不是從二樓摔下來的。這種死狀，至少要從三十樓以上往下跳，才有可能。

我朝四周打量了一番，然後失望地搖頭。

這附近空蕩蕩的，偌大的地方，只有這麼一棟孤零零的三層樓房聳立著。更何況，即使找遍這個柳條鎮，也不可能找出相當於三十層樓那種高度的建築物。

這裡，真的是死者的第一現場嗎？看來，周超凡說得沒有錯，這棟樓或者附近某些地方，可能真的有問題。

眼前的自殺案，實在太不尋常了！

第五章  降頭

周超凡的表哥周壘，住在三樓右邊最後一間套房裡，敲著房門，過了許久，才有個男人打開了門。

乍看他的樣子，我也被嚇了一跳。眼前的男人骨瘦如柴，兩頰深深陷了下去，鬍子像是幾天沒有刮過，頭髮也亂糟糟的，在並不是很冷的秋天，居然穿著厚厚的防寒服。

他用呆滯的眼神望著我們，眼珠子順著一定的頻率四處轉動，像是在搜尋著什麼。

「哥，你沒怎麼樣吧？」周超凡著急地上前扶住他，「大家早就勸你搬走了，你怎麼就是那麼一股牛性子，死都不搬。你看看，現在變成什麼樣了？」

覺得似乎冷落了我，他又慌忙地介紹道：「啊，這位是我的同學。是靈異鬼怪方面的專家，他一定可以幫上什麼忙的！」

我什麼時候變成靈異鬼怪方面的專家了？鬱悶！流言果然可畏啊！

走進房間，稍微打量了一下四周。

這是一個格局很公式化的三房一廳，想來修建時，是打算作為公司宿舍用的。跟著周超凡兄弟倆走進主臥室，我的視線，立刻被門旁邊的一面鏡子吸引。

這是個呈正方形的鏡子，一人多高，安放的位置，剛好可以清晰地讓坐在床上的人看到臥室裡的任何角落。

但不知為何，我就是覺得它有些怪異，像是哪裡有問題，可是，又偏偏說不出來。身旁的周超凡開口道：「據說，這是上一個住戶留下來的東西，堂哥貪小便宜，就把它留了下來。但是，我總覺得這面鏡子似乎有古怪，看起來讓人很不舒服！」

我死死地盯著鏡子看了很久，也沒有弄出個所以然來，便用手輕輕摸著鏡面，衝身後的周超凡說：「你知不知道，許多人都認為，鏡子是通向另一個世界的窗戶。

「最近還有人提出，女人之所以長壽，是因為經常照鏡子的緣故。」

「真的可以長壽嗎？不是胡扯？」周超凡少有地露出緊張害怕以外的情緒。

我得意地解釋道：「在最近一期的《俄羅斯科學院報告》中，俄羅斯聖彼得堡醫學進修學院，通過實驗，證實了這一點。

「原因是，任何物質和活的有機體，都能產生輻射，也就是電磁場。或發出光，或發出熱，或發出聲音，任何機體，都永遠處在外來輻射場的作用下。那麼，人在照鏡子的時候，通過鏡子反射而來的輻射，對人的細胞、器官和機體，就會產生某種影響呢。

「關於這個問題，俄國的研究人員做了幾個實驗。首先在三根試管中，分別加入等量的血液，用呈直角的鏡子蓋住第一根試管，將第二根試管，放置在兩個上下相對的鏡子中間，第三根試管，只用一面鏡子從上面蓋住。

「然後將三根試管，置於黑暗的房間裡，一小時後，從三根試管中，各提取少量的血液，在紫外線和可見光區，測量這些血液的光學密度，最後，將獲得的資料與實驗前的測量資料，進行比較。

「實驗發現，通過鏡子反射而來的輻射，對血液的光學密度有影響，這種影響，與血液本身、鏡子塗層的金屬成分、鏡子的形狀以及鏡子與血液之間的空氣成分有關。

「在本身輻射的作用下，機體內的水分子發生了共振，導致血液的抗氧化性以及活性提高，從整體上提高了機體的生物功能活性。

「利用該研究成果，俄國研究人員研製出了多種治療與保健的方法，比如，將患者置於放有鏡子的特殊暗室，使自身機體形成『輻射封閉』。

「研究人員希望對這種現象進行深入研究，為人們提供更科學的照鏡子方法。同時，這也可以進一步解釋，女性在梳妝檯前久坐不起的原因。」一手指接觸鏡子的地方，清晰地感覺到了冰冷的觸感。有個清涼溫柔的熟悉聲音，從門的地方傳了過來。

「原來如此，以後人家可以更加心安理得地照鏡子了。呵呵，親愛的，你真是學識淵博。好崇拜你！」

轉頭一看，我差點吃驚得坐到地上。趙韻含穿著一襲白衣，舒服地靠在臥室門口，衝著我甜蜜地微笑。清澈的眼睛，帶著不造作的和煦目光，美得足以讓大部分男人暈

眩。

可惜，我是屬於少部分抵抗力超強的人，快速地整理好臉上的震驚表情，說道：「妳怎麼會出現在這裡？」

「大門沒有關，我看裡邊滿熱鬧的，就進來了。」她答非所問。

我哼了一聲：「妳知不知道，擅自進入民宅是犯法的？」

「人家可不是擅自進入。」她把「擅自進入」這四個字的發音咬得很重，少有的流露出一絲小女孩的嬌嗔，「我是被超凡請來的。」

我望了周超凡一眼，他緊張得大汗淋漓，結結巴巴地說不出話來，只是僵硬地點點頭，似乎有什麼莫大的隱情。

懶得再在這個問題上糾纏，我瞪了她一眼，「對了，剛才妳怎麼稱呼我的？」

「親愛的。」

「不准這麼叫，現在學校裡對我的誤會，已經夠深了，妳還在給我引火。開玩笑也應該有個限度嘛！」我恨恨地說。

「人家可是認真的。」趙韻含走過來，非常自然地挽住了我的胳膊，柔聲道：「你答應以後要娶我，大家都聽到了，賴不掉的喔。」

「嘻嘻，我什麼時候應該去拜訪伯父伯母呢？親愛的！」

「不准！」雖然和她柔軟的身體沒有太大的接觸面，可是透過薄薄的外衣，傳來的溫暖以及滑膩感覺，以及胸前的某種柔軟感，也足以讓人銷魂了。

好不容易才擺脫強烈的誘惑，我吼道：「妳究竟想幹什麼！」

趙韻含什麼也沒說，只是招牌式地笑了笑，將我挽得更緊了。

唉，女人，如果說女人是水，變幻莫測的話，眼前的這個女人又是什麼呢？恐怕是海，不但囊括了所有水的特質，還隱藏著水沒有的特性。突然覺得有些沮喪，恐怕，如果她不願意說出來，身為男人的我，或許永遠也弄不清楚她想幹嘛。誰叫我是男人呢……

趙韻含打量了一下四周，最後把視線停留在周壘身上。這位語文教師正躺在床上，望著天花板發呆。她微微皺了下眉頭，叫周超凡倒了一碗水，站在原地，閉上眼睛咕噥了一陣子，然後捏住周壘的鼻子，使勁地往他嘴裡灌。

還沒等碗裡的水灌完，他猛地一張眼，坐了起來。

我看著這一幕，湊到她耳旁輕聲說：「符水化骨的方法，還能讓人清醒？厲害！」

趙韻含的嬌軀微微一震，立刻又像沒聽到一般，沖周壘問道：「這位大哥哥，現在舒服一點了吧？」

周壘深深地吸著氣，沙啞地說：「活著真好，我差點以為自己會掛掉！」

他向周圍看了看，像是才發現我們的存在，疑惑地問：「超凡，你什麼時候來的？他們是你的同學？」

「不是他自己開的門嗎？這傢伙不會是有老年痴呆症吧？還這麼年輕，可惜了。」我暗自嘀咕。

周超凡假裝沒聽到，只是結巴地解釋著：「他們都是我的同學，而且是靈異鬼怪方面的專家，哥的事情我都聽說了，夜不語和趙韻含，應該能幫到哥的。」

「不可能！沒有人能幫我，我死定了！」前一刻還精神良好的周壘，猛地用雙手捂住頭，略帶著哭腔大喊：「你們走，快點都走。在這個樓裡待久了，說不定你們也有危險。」

「哥，你怎麼老是這樣！虧你還是個老師，做人做得腸子直就不說了，一遇到什麼挫折就放棄，算什麼？究竟算什麼？」

一向緊張兮兮的周超凡爆發了，他用力抓住周壘的胳膊，「你小時候不是常教我，要像逆流而上的魚一樣，就算大難臨頭也不能氣餒，因為一氣餒，就什麼希望都沒了。「可是你呢，光是要求別人，輪到自己遇到問題就一味放棄，根本不在乎別人的感受。你死了，伯父會怎麼想？伯母會怎麼想？你還要不要他們活啊！」

周壘低下頭，不知在想什麼，只是用雙手緊緊地捏著被子的一角，全身都在顫抖。過了不知多久，他才抬起頭，語氣平靜地問道：「好吧，你們想知道什麼？」

我咳嗽了一聲，「前幾天雖然聽周超凡講過你的事情，但是，有許多不明不白的地方，還是請你將看到的怪異事件，講來聽聽吧。」

「事情，要從我搬進這個鬼地方講起。」周壘吃力地回憶著，「搬進來的一週後，我開始作惡夢，非常真實的惡夢。夢裡，像是影子一樣的東西尖叫著，伸出模糊透明的觸手抓住我的脖子，用力地掐，想要掐死我。

「然後慢慢地，我的精神似乎也開始受到惡夢的影響，耳中老是聽到一些若有似無的怪異聲音。像是有無數不知名的未知生物，在痛苦淒厲地號叫。最近，我的精神狀態變得很差，一回到房子裡就渴睡。」

「為什麼不搬走？」我問。

「很多人都勸我搬走，可是沒辦法。」周壘苦笑，「我也嘗試過去朋友家住。可是離開了這裡，不管我有多睏，都睡不著了。

「明明已經哈欠連天了，可是大腦裡，卻偏偏產生不了一絲睡意，只是感到意識模糊，神情呆滯，大腦裡常常響起許多沒有任何意義的噪音。我差點被折磨得瘋掉，最後，只好回來。

「回來後，不但精神狀況，就連身體狀態也開始變差了。我常常走神，不論是走在路上，還是課堂上，坐著，或者吃飯，一走神，身體就會長時間失去感覺。

「我的意識明明能夠清楚地知道，自己應該在做著什麼事情，可是，具體想了解的時候，卻什麼都模模糊糊的，就像眼前的世界被蒙上了一層濃濃的、不可能穿透的霧。那時候的身體，根本就不受任何控制。」

「那，你搬進來的時候，身體有任何不適應的地方嗎？比如頭痛，或者拉肚子，水土不服什麼的？」我思忖了一下，又問。

「我知道你想說什麼。我看過許多醫生，中醫、西醫、內科、外科、腦神經科。什麼問題都查不出來，還有些王八蛋心理醫師，問我小時候是不是有什麼陰影。

「去他媽的！我能有什麼陰影，有什麼陰影能弄出這種東西嗎？」他猛地一把將高領襯衫的領口扯開，一個暗紅色像是臃腫的手掌狀的痕跡，赫然露了出來。

頓時，床邊的三個人都驚呆了。趙韻含用纖細的手捂住嘴巴，眼神一閃一閃地，像是極為吃驚。周超凡全身僵硬地怔怔看著那個痕跡發呆，滿頭的冷汗。

而我，此時卻感覺如同被雷電擊中了一般，大腦一片空白。

這個痕跡，一模一樣的痕跡，我曾經見過！

□

「知道什麼是降頭術，或者蠱嗎？」

從周壘家出來後，趙韻含一直都緊皺著眉頭，只是如行屍走肉般地跟在我身後走著。過了許久，才這麼沒頭沒尾地問了這麼一句。

「當然知道。」雖然不明白她想說什麼，但是直覺卻感覺到，必然有某些深意。

或者，她是想將知道的一切，坦白說出來了。

我隨口回答道：「所謂降頭術，從步驟上看，就在於『降』與『頭』。『降』是指施法的所用法術或藥蠱手段。而『頭』則指被施法的個體，並包含了對被施法個體的『個體聯繫把握』。例如被施法者的生辰八字，五行命理，姓名，所在地點，常用物品，身體部分關聯物如毛髮、指甲等。

「降頭術的本質，是運用特製的蠹蟲或蠱藥做引子，使人在無意間服下，對人體產生特殊藥性或毒性，從而達到害人或者控制一人的目的。

「或者，運用靈界的力量如鬼魂，通過對個體被施法者的八字、姓名及相關物品而構建資訊，進而『類比個體』，最後達到制伏或者殺害被施法者的目的。」

「沒錯。」趙韻含點點頭，微微壓下長長的睫毛，輕聲道：「降頭術按照施法手段，主要分成靈性相關或者非靈性相關兩種，就是以藥或者蟲施法。

「非靈性相關蟲降，又分為蟲降和藥降。

「蟲降是運用特殊的或者特製的蠹蟲施降，而藥降則如其名，是用特製藥物。非靈性相關施降，必是對個體的直接物理接觸性攻擊，如個體誤吃下了毒藥或者毒蟲。

「靈性相關又可分為若干種，比如咒降，運用咒語或者符咒，利用五行及八卦原理……對個體施降。

「與其他降頭術不同的是，咒降是把兩面刃，可好可壞，可為人驅邪也可使人中邪。不過這種降術，必然要通過掌握人的八字、姓名和所在地點，才能實施。

「而飛降與蟲降類似處，就是都用蠱蟲或者屍毒；不同的是，蟲降、藥降，必須與受害人進行直接物理接觸性的『種降』，也就是說，受害人必須誤吃毒蟲，而飛降可以在遠距離對受害人進行直接攻擊，這點和咒降一樣。

「但是，飛降同樣依靠被實降個體的所在位置定位，而且運用飛降的人，必然是精神力量修為很高的巫師。

「在飛降法術儀式間，焚燒屍油和萬千蠱蟲，巫師在確定被降者當時的地點後，通過意念冥想和符咒的控制，使黑煙飛襲被降者。不過距離有一定限制，且不能在陽光普照時進行，通常在黃昏和夜間。

「飛降派邪教正是運用『邪極』的原理，就是集合萬千毒物和屍油，來聚合一種邪氣和死氣，這種邪氣，即是世界上最可怕、最惡意的『詛咒』。

「至於靈降，是最可怕的降頭術！最黑暗的靈降，相當於對受害人下了『通緝令』。

「舉個例子，西方黑魔法中最著名的希伯來招魂術，使中招者無論在哪裡，都會受到惡魔的影響。

「靈降運用符咒，但是與咒降不同的是，靈降專門運用靈界的精神意識體，如鬼魂等。靈降之所以為最可怕的降頭術，是因靈降者的靈學修為，駕馭野鬼的能力要比較高。

「東南亞國家中，以泰國和馬來西亞為主，降頭術最為猖獗。泰國有名的巫師精通養鬼術，養鬼就是泰國巫師進行靈降的基本特徵之一。」

我嗯了一聲，「其實，降頭術源於中國。蠱降和藥降，源於中國雲貴高原一帶。雲貴，少數民族所在地多潮濕，氣候炎熱，蜈蚣等較多，怪藥生長。比如，毒品就適合在雲南及再往南一點的泰國等地生長。

「事實上，毒品使人崩潰，它本身就是一種可怕的藥降引子。符降與靈降等，也源於中國，並與道家有關。所謂妖道妖道，正是道家古代『今生成仙』，這一錯誤修煉思想的誤導所致。

「道家中也有心術不正者，認為法術越高，就越能成仙，於是大量的江湖道士，運用了道家博大精深的道術原理，炮製大量與道家思想相悖的『實驗』，養鬼、降頭等術始生，逐漸誤入邪門。」

我看了看在一旁聽得目瞪口呆的周超凡，笑道：「其實，只要稍對周易或者道家世界觀有點研究的人，就很容易理解降頭術的施法原理。

「降頭術的原理主要在於三點：藥理的運用、精神的運用，和宏觀聯繫的運用。其中，宏觀聯繫就是降頭術的核心。

「無形的『聯繫』，太微妙、太不可把握，而又絲絲相扣，將這個世界的人與萬事萬物相連。也許，最能體現『聯繫』存在的就只有動物，尤其是狗。

「警犬，能夠通過嗅了嫌疑犯的味道後，不遠千百里地找出罪犯，難道，狗真是通過味道找出人的？絕不可能！氣味由於風，以及大氣的運動，早就被捲得無影無蹤，何況是千百里？氣味根本不可能呈固態凝固不動！那麼，狗究竟是透過什麼，找到人的『聯繫』？

「還有，狗類，不過，當然不包括那些已經失去了大部分本能的觀賞狗，被主人遺棄到千里之外，越山隔水，可是，狗能夠重新找到路回家，牠是依據什麼找到家的聯繫？

「聯繫，無論多遠，其實都很近。聯繫，宏觀的聯繫，可以穿越距離，將事物定位。狗在嗅了人的氣味後，就已經將某人『定位』，至於狗是如何運用這種奇妙的聯繫找到人的，這不是我們的研究範圍。

「聯繫其實無處不在，當一個遠方的遊子，埋骨他鄉的一瞬間，萬里之外的母親，心裡會有強烈而又難以名狀的不安。所謂的『第六感』，感覺、直覺，很多人都有，而且這個世上有不少人，這一感覺很強烈，也很準確。但是為什麼？事實上，無形的『聯繫』，是超越距離的。

「據說，最高境界的降頭術，即是對個體聯繫影響的精確把握。如何將聯繫定位於個體的人？八字、姓名、所在地點，就勾畫出個體定位輪廓，加上與個體身體有關的，哪怕是細小的部分，毛髮、指甲，以及有其強烈精神心理因素的常用物品，就直接建立了無形的聯繫橋梁！通過定位和聯繫，就能對個體產生可怕的影響。

「唉，說起來，恐怕萬事萬物，都處於宏觀的聯繫之中。影響最突出的就是『趨勢』。所謂趨勢，就是一個物品的象徵意義、符號、伸展趨勢，比如稜角趨勢等。比如在床前放一個尖銳稜角物品直對人身，長此以往，被稜角伸展趨勢所指的人體部位，必生病變。

「在有形的世界，尖銳物並沒有直接物理接觸人體，而為什麼就對人體有強烈的影響？秘密就在於：趨勢。

「這種趨勢不光是方向性的，更在於象徵意義性！比如，古代邪教詛咒中最常見的，就是依照一個人做出相應的『木偶』，來象徵和代替那人，從而詛咒。」

「親愛的，果然什麼都難不倒你。」一問一答之間，趙韻含已經恢復了正常。她衝我露出招牌式的甜美溫和笑容，迷人的酒窩淺而精緻，美得讓人一時移不開眼睛。

我用力吞了口唾沫，語氣乾澀地問：「說了這麼多，妳不是以為周壘中了降頭吧？」

「這個我倒是不清楚。」她搖了搖頭，依然笑著，「不過那個痕跡，倒是讓我想起了很久以前遇到過的一件事情。」

「很久以前？什麼事？」怎麼這句話說得那麼滄桑，她也不過是個十八歲左右的小妮子罷了。我愣了愣，追問道。

「以後再告訴你。」趙韻含靠過來，溫柔地挽住了我的手，「不過，你知道一種很邪惡的法術嗎？這種法術，一般會去受罰人附近的墳頭，撿來別人上墳用過的黃紙，剪成人形，上面用血，其實什麼血都行，最好的是壁虎血，寫上要詛咒人的生辰八字、名字。

「然後取屍液，活蛆蟲若干，將蛆蟲放到屍液裡面餵養三日，然後取出與蜘蛛、蜈蚣、蠍子共同搗爛，重新放回屍液中。將人形放入混合的屍液中浸泡，然後晾乾，另外將蜈蚣曬乾磨粉，灌入八根空心蠟燭。

「行法時，一般選擇午後三到四點的時間，穿上黑色衣服，到一個離開受罰者不遠的墳地，把蠟燭按照八個方位擺放好，然後坐在蠟燭中間，按照所詛咒之人當時所在的方位，把人形點燃，然後集中全力，冥想人形燃燒的煙在空中飛行，向對方飛去，口中可以不停地唸道：『飛！飛！』

「等煙塵飛到對方的時候，一定要大喝一聲：『中！』把毒煙打入對方丹田。隨後一直把毒煙定在對方體內，直到所有的蠟燭燃燒完。」

我微微一皺眉，「這個方法，好像是東南亞一帶，尤其是泰國人慣用的法術。據說一旦被下降頭，不出三日，就腹脹如鼓，全身潰爛，七日七竅流膿，十日內必亡。

「以前我去泰國旅遊的時候，就曾經發現下午三到四點的時候，喜歡穿白色衣服的泰國人，大多會換上黑色或者其他顏色的衣服。

「有人解釋說，這個時段，常常會有眾多法師、巫師在下各種降頭，而這些降頭特別容易降到穿白色衣服的人身上。不過，這個法術很危險，一旦那個傢伙法術不高，出個偏差，誤中他人，那人不是倒楣？」

「老天，以後我死也不去泰國，免得被空中亂飛的降頭和咒語打中，死得不明不白的。」周超凡聽得毛骨悚然，打了無數個冷顫。

我好笑地解釋道：「可是，這個法術有個壞處，就是一旦對方懂得點法術，或者自己掌握得不好，降頭很有可能回來中了自己。

「所以說，害人的時候，當心別害了自己！」

不知何時，趙韻含的臉上蒙上了一層陰影，雖然她依然在笑，可是，卻笑得帶點微妙的不自然。不知她是故意說給我聽，還是真的在自言自語，只見她的目光，有意無意地望向這棟樓後邊三百公尺處，亂葬崗的位置，喃喃道：「那裡，恐怕真的有問題。」

第六章 痕跡

就像有很多時候，我想像，也許生活會像花朵在空中燦然開放。在我低著頭走路，除了白色無骨的陽光，這時節，是再也沒有任何色彩的秋天。

有一位不知名的詩人說過，他的秋天是異常灰暗的。可是今年的秋天，我的生活，也不見得鮮豔多少。

趙韻含在我還來不及提出自己的疑惑時，藉故匆匆離開了。我帶著周超凡，來到離那棟樓直線三百多公尺處的亂葬崗上，心裡異常地煩躁。

這個亂葬崗大概有六百多平方公尺，裡邊無數的墳堆和墓碑，混亂地排列在這個偌大的空間裡。

雖然還是白天，四周卻沒有任何人氣，到處都充斥著壓抑的感覺。

不遠處，有幾隻烏鴉「呱呱」叫著，沙啞粗糙的聲音，刺得耳膜「沙沙」作響。隨意打量了一番，卻驚奇地發現，這裡的墓碑上，居然是一片空白，什麼字都沒有刻。

周超凡看出了我的疑惑，解釋道：「聽我奶奶講，從前整個柳條鎮都是個大墳場。由於附近城市的擴展，居住環境擁擠不堪，所以有能力的人，紛紛將住家移往郊區。

「有些建築商看到商機，於是集資將這個地方包下來，大肆開發。過了許多年，這裡也漸漸形成了一個小鎮。

「據說，當年開發時，挖地基挖出了許多死人骨頭。開發商就圖便宜省事，在鎮外統一挖坑埋葬，變成了眼前的亂葬崗，可是老一輩的人常常說，那麼做會有報應。

「而剛巧提出這個建議的人，和許多挖坑的民工，也在幾天後紛紛暴斃，死得不明不白。當地人便再也不敢到附近，就算是一定要路過，也會刻意繞道走。或許，這個亂葬崗裡，真的是有詛咒吧！」

「你倒是很清楚。」我乾笑了幾聲。

周超凡立刻像是熱鍋上的螞蟻一般，緊張得跟什麼似的，結結巴巴地說：「我，我全部是聽奶奶講的。我……」

悶啊，我真的有那麼可怕嗎？怎麼照鏡子的時候，都覺得自己又帥又和藹可親！這個傢伙在我跟前，一天到晚都滿臉緊張兮兮的樣子，要讓別人看到了，不覺得我在欺負他才怪呢！

輕輕搖了搖頭，將腦子裡亂七八糟的思緒甩開，我問道：「關於你堂哥脖子上的痕跡，你怎麼看？」

「我從來都沒見過那樣子的東西。」周超凡擔心地說：「不像傷痕，也不像血液循環不良時留下的痕跡，也不像故意染上去的，真的讓人搞不清楚狀況，還有……」

他頓了頓，似乎不知道該怎麼組織詞彙。

「你想到了什麼嗎？」我急忙追問。

他結結巴巴地形容道：「那個痕跡，完全是一隻很清晰的手掌。我的視線一接觸到，就莫名其妙地感覺到一陣惡寒，我覺得自己在害怕。」

我微微有些驚訝，再一次仔細地盯著他，就像一秒鐘前，才剛認識這個人一般。眼前的這傢伙，似乎並不像表面上看起來的那麼緊張。或許，他一貫畏畏縮縮的性格，正是掩蓋他真正人格的保護傘。

他的談吐和邏輯思考能力，以及知識，在剛剛的不經意中，暴露了一部分。周超凡，這個人也不簡單，他恐怕比大多數的人，都更有頭腦！

內心掙扎了一番，我決定將發現的事情說出來：「那個痕跡，其實，我見過。」

周超凡驚訝得長大了嘴，就連結巴都忘了，著急地問：「在哪裡？」

「還記得今天我們來的時候，看到的那具跳樓身亡的住戶屍體吧？」我皺眉回憶道：「就在那個人的脖子上，也有個一模一樣的痕跡。當時，我看得很清楚。」

他的眼睛睜得大大的，一副難以置信的樣子。

我沒有理會他，腦子一刻不停地整理著今天發生的事情。

那個跳樓的人和周壘的脖子上，都有一樣的痕跡，也就意味著他們倆，有某種還不清楚的關聯。

雖然不知道，那個男人是不是因為痕跡才自殺的，但是那痕跡，本身就有許多解不開的謎。

而且那跳樓的男子，也有許多讓我疑惑的地方。是什麼方法，才能夠令二樓的高度，造成從三十樓墜落的效果？為什麼他的屍體，會被揑得像球體一般，似乎周身的每個稜角，都均勻地受到了巨大的力量擠壓。

還有，剪報上的張宇和張小喬兩個人，他們到底又和周壘有什麼關聯？一個是獄警，一個是普通的上班族，一個是語文教師。彼此的生活，也根本沒有任何交集，為什麼趙韻含卻故意將剪報給我看？

這其中，肯定還有許多自己不知道，也不明白的東西。

深深吸了口氣，我伸了個懶腰，衝周超凡問：「喂，喜歡玩刺激的遊戲嗎？譬如說召靈什麼的！」

「召靈？」他明顯地趕不上我的思考速度，喃喃重複道。

我本來就沒打算考慮他的意見，不負責任地吩咐：「乾脆今晚，我們就來一場召靈會好了。地點就在這個亂葬崗，時間就訂在晚上九點半左右，人數不能低於六個。

「我、你還有你堂哥都要參加，至於其餘三個人，你隨便請好了。」

見他不知所措，一副點頭不是，搖頭也不是的樣子，我暗自好笑。

不知為何，心裡還是很在意趙韻含走時說的那句話，她說，這個亂葬崗肯定有問題，那麼可不可以理解為，這個鬼地方，就是所有事情發生的根源呢？

雖然，還需要去了解一些事情，可是，召靈會也是必須的。既然可以猜測根源的所在地，那就想些辦法，讓根源主動現身好了……

□

離晚上還有很長的一段時間，我抽空回家，打了個電話。

「喂，我是夜峰。」表哥疲倦的聲音，從聽筒的另一邊傳了過來。

「我是你表弟。」我嘿嘿笑著。

電話裡一陣沉默，然後，某人果決地掛斷了電話。

靠！什麼玩意兒！我惱怒得一直按重撥鍵，過了好一會兒，表哥才接了起來。

「小夜，你饒了我吧，我可是什麼都不知道！」那傢伙的聲音裡帶著哀求。

我奇道：「我可是還什麼都沒有說吧！」

「可是你的聲音裡，已經明顯地寫著意思了。」表哥苦笑，「你絕對是為了柳條鎮裡發生的幾件怪異事情，才找我的。」

「你很清楚嘛。果然還是表哥最了解我，感動！」我造作地做出崇拜的語調。

看來，那些事情還真的有關聯，不然夜峰這傢伙，不會這麼為難。最令自己奇怪的是，從他嘴裡，居然會說出「怪異」這種模糊的詞彙，看來，事情真的很匪夷所思了！

毫不猶豫地，我翻出了底牌，「表哥，我要看看張宇，還有今天早晨在柳條鎮跳樓死掉的那個人的屍體。還有你們員警調查出的，關於那三個事件的資料。」

「不可能。」表哥回絕得也很乾脆。

「不要說得那麼絕對，好不好。」我笑得很燦爛，「表哥，據說，你最近幫我找到了個嫂子？」

「是……是又怎麼樣？」夜峰有一種十分不好的預感。

「據說，那個嫂子很文靜、很傳統，而且，傳統到有一些偏激的程度？」

「小夜，你可不要害我啊。」夜峰的背脊上冒起了一股寒意，「我找個願意嫁給我的女人，可不容易。

「畢竟，員警常常都是提著腦袋過日子，雖然待遇不錯，但很不好找老婆的！」

「表哥，我怎麼可能害你呢？」我笑得更陰險了，「為了提高你們婚後美滿的生活品質，讓嫂子更了解你，更愛你，我想請她看幾張照片！」

夜峰打了個冷顫，「不會是那幾張吧？」

「剛巧是那幾張。」

「王八蛋，她那麼傳統的女人，看了一定會把我給甩了！」表哥緊張地吼了起來。

「所以，那就要看我的心情了。」我慢悠悠地說：「心情好的話，說不定，我就會把那些照片當作廢紙燒掉。如果心情不好，嘿嘿，你該知道了吧。」

「哼，算你厲害。你心情要怎麼樣才算好？」

「很簡單，讓我看到他們的屍體和資料。」

緊緊咬了下牙，夜峰恨然道：「魔鬼！行，你現在馬上到柳條鎮的警局來一趟。你要看，我就讓你看個夠！」

□

說實話，我看過很多次屍體，甚至親手解剖過，不過，這次的兩具屍體，實在很特別。

一般來說，死後屍體的肌肉，會呈現鬆弛到僵硬，甚至痙攣到徹底鬆弛的現象。而其他的，還有皮膚皮革化，角膜渾濁，死亡初期處於底下的部位，會出現屍斑、屍冷，和自我消化等等。

至於肌肉鬆弛，值得一提的是，當括約肌鬆弛時，唾液、鼻涕、眼淚、大小便、精液等，都可能會外溢，也就是說，死得很髒。

而若你死前是處於神經興奮狀態，死後便會出現局部甚至全身的肌肉痙攣，也就是說，你會眼不能合，面部肌肉收縮而表情恐怖，四肢呈緊張姿勢，同樣死得很難看。

至於屍斑，則更損害死後的樣子。一般來說，如果你仰臥著臉死，屍斑還不過在你背部，但如果你死前因為痛苦而亂動到趴著死了，那麼後果就可想而知了，更難看！

而如果你偷偷躲起來死，那麼，屍體就會因為體內的消化酶，及腸道細菌腐敗的緣故，而發脹、發臭。

屍體會膨脹、腐化、變色，而腸道因為腐爛而形成的氣體，更會把消化道裡的內容物推出體外，又髒又臭又難看，噁心得嚇人！

「張宇是自己開槍自殺的，左邊太陽穴的位置，有個很深的血洞，你可以看到周圍有燒焦的痕跡。」法醫站在我身旁，翻動著屍體解釋道。

而表哥夜峰則面色陰沉，像是還在生氣。

「至於今天送來的這位徐舜鴻先生的屍體，他的死亡時間，是昨晚十點左右。」法醫繼續說著：「真正的死因，並不是跳樓腦部受到撞擊，而是頸部大動脈遭到切割，失血過多死亡。」

「頸部大動脈？」我微微皺了下眉頭。

「頸動脈在深層組織中，想要這樣自殺的人，必須有豐富的解剖知識，和很好的忍痛功夫。畢竟，人在失去三分之一的血液時，仍能保持清醒。所以這樣的自殺方法，是個很痛苦、麻煩、髒亂的漫長過程。

「而且四肢的主動脈，能在十分鐘內迅速地收縮止血，也就是說，一般人就是被砍了一隻手腳，也能活下來，所以，更增加了死亡的難度。失血過多的人在死前，會產生肌肉缺血性痙攣，強制進行收縮到鬆弛再到收縮的過程，更增加了死亡的痛苦。

「也許是因為這個原因，他才選擇切割自己的頸動脈，讓自己死得快一點，不過，這麼一來就更奇怪了！」

法醫驚訝地看了我一眼。

表哥乾笑著，拍了拍他的肩膀，「老劉，你又不是第一次看到他。我這個小表弟可鬼得很，智商高，學問淵博，就是性格太惡劣，為達目的不擇手段。」

「我可以把這番話，當作是誇獎嗎？」我苦笑。

「隨便你！」夜峰哼了一聲，果然還是在氣我威脅他。

我沒有理會，只是看著徐舜鴻的屍體說：「劉哥，你認為一個人自己割了勁動脈後，還有力氣從樓上跳下去嗎？還有，他真的是想自殺？」

「他有自殺的動機。」表哥撇了撇嘴，「我們在他附近的公用郵箱裡，找到了他寫給自己未婚妻的分手信。

「換句話說，就意味著他失戀了。一個失戀的男人，什麼事情都可能做得出來。」

我哼了一聲，反駁道：「你也說，那封信是他本人寫的分手信，也就意味著，分手是他深思熟慮後的結果。既然可以提出要和就快走進結婚禮堂的未婚妻分手，就說明他感到對方不適合自己。

「這也可以證明，他就算不是個樂觀清醒的人，也算是個想要努力追求生活品質的人。這樣的人，是很難想自殺的，何況，是採取那麼偏激的自殺方法。」

表哥一時語塞，若有所思地想了一陣子，這才遲疑地問：「你的意思是，徐舜鴻的自殺案有疑點，有可能是他殺？」

「不是有疑點，而是有很多疑點。」我舔著乾燥的嘴唇，「劉哥，你應該也覺得很奇怪吧，徐舜鴻的屍體，絕對不像是從二樓摔下來的。」

「沒錯。」法醫露出疑惑的表情，點頭道：「屍體內有許多骨頭被擠入了腹腔裡，頭骨甚至粉碎了一半。

「而且，屍體的整個稜角部分，都有擠壓過的痕跡，很難判斷出最先發生碰撞的部位。況且，即使單邊能夠造成這樣的情況，至少也在三十層樓以上的高度。」

「那有沒有可能，屍體被移動過？」我問。

法醫搖了搖頭，「我和好幾個法醫都去看過現場，那裡絕對是第一現場，這點肯定沒錯。」

事情果然很奇怪，至少眼前的情形，早已經超越了常識的範疇。

「對了。」法醫像是想起了什麼，將張宇和徐舜鴻兩具屍體身上的白色布單揭開，「這兩具屍體身上，都有些很奇怪的痕跡，不像是屍斑。而且，最近長得更多了。」

我定睛看了一眼，猛地呆立在原地。

只見張宇和徐舜鴻的屍體上，布滿一個個暗紅色的痕跡，猶如一隻形狀清晰的手掌，順著脖子的部位掐過去。

那些不知名的痕跡，像是蠕蟲一般噁心，看得人只感覺寒毛冷豎，莫名其妙的恐懼油然而生……

這些玩意兒，究竟是什麼？

隱隱中自己的心臟，正激動得快速跳動，我似乎已經找到了他們三個人之間的關聯了。

這些痕跡，是不是代表著某種意思？是詛咒，還是攙雜著某些我還不清楚的因素？有問題，絕對有問題。

而且，趙韻含難道早就知道這個關聯了，所以，才將張小喬和張宇的剪報拿給我看，還故意讓周超凡引起我的好奇，去見他的堂哥周壘？

在這件事上，那個神秘的女孩，究竟又扮演了什麼樣的角色？

「表哥？」我神色嚴肅地喊了一聲。

在一旁仔細地打量著那兩具古怪屍體的夜峰，嚇得雙腳一併，舉手就行了個軍禮。

「禮畢，辛苦了！」我開著沒人笑的玩笑，壓低聲音說道：「有沒有辦法讓我到市精神病院去參觀採訪一下，我想看看張小喬。」

「看她幹嘛？她不是瘋掉了嗎？據醫生說，她現在攻擊性很強，小心她抓花你可愛的小臉蛋。這幾天，已經有好幾個照顧她的護士被毀容了。」夜峰皺了下眉頭。

我的雙眼一眨不眨地望著眼前屍體上滿爬的怪異痕跡，緩緩道：「如果不出所料，下一個自殺的，可能就是她了……」

□

張宇，男，二十四歲。原籍雪泉鎮，今年四月從警校畢業，二十七天前才正式分配到柳條鎮監獄，並在萬福路六之十三號租住。

他家庭背景正常，無犯罪史，無精神病史，為人謹慎小心，對工作兢兢業業，盡忠職守。周圍人評價他並不膽大，巡邏時，常常不敢正眼看犯人。

十一號的夜晚，他開槍殺死了一名囚犯，以及兩個前來查探的獄警。

囚犯名叫高謀求，四十七歲，柳條鎮人。入獄三年，犯有三起強姦案和一件猥褻案。根據調查，兩人並不認識，也沒任何仇怨，殺人動機至今仍無法查明。

兩名獄警分別是肖杜〈男，三十四歲〉和白向東〈男，三十七歲〉，被害原因可能是因為發現張宇的犯行，而導致其慌亂誤殺或者故意滅口。

三名死者，都是頭部額頭正中央遭到槍擊，立刻斃命。由此可以推測，故意滅口的可能性更大。

二十四號中午，警方找到他家，張宇已經躺在床上，開槍自殺了。

張小喬，女，二十六歲……曾在某大公司任職，家庭背景正常，無犯罪史，無精神病史。兩個月前，因為感情原因離職……二十三天前，來到柳條鎮定居，在萬福路六之二十一號租住，並在南街某公司找到了一份文書的工作。

十五號早晨在南街天橋上，她突然精神失常，利用美工刀殺死了三個人，並導致五人受傷。死者齊溫農〈二十九歲〉，是她的同事。其餘兩人分別為李輝〈男，四十九歲〉、鵬眉麗〈女，五十一歲〉。這兩人均為路過，初步排除了蓄意謀殺的可能。

徐舜鴻，男，二十七歲。原籍柳條鎮，富商之子。家庭背景正常，無犯罪史，無精神病史。女友黃思怡，二十四歲。兩人原定於下月三十日舉行婚禮，但因為房子的問題吵架。

徐舜鴻於二十四天前離家，當天，住入了萬福路六之二十五號，二十號被人發現死於萬福路六號樓底，死因判定為頸部大動脈遭到切割，失血過多後跳樓。房間裡無任何異常狀況，初步判定為自殺。

坐在車上，低下頭沉默地看完三個人的報告，我揉了揉發痛的眼睛，吸了口氣，「三個人都住在同一個地方，表哥，你不覺得奇怪嗎？」

萬福路六號，也就是周超凡的表哥周壘住的那棟樓，亦被當地人稱為陰樓，並十分畏懼的地方。

沒想到，那四個人都住在同一棟樓裡，光是這個發現，就足夠讓我激動了！

「你不會也相信當地人說的，那棟陰樓，有什麼亂七八糟的詛咒什麼的迷信說法吧？」夜峰嗤之以鼻，「那棟樓我也查過，不過，什麼疑點都查不到。

「我只知道，它修建於十一年前，由於當時經濟不景氣，開發商的資金無法到位，工程斷斷續續的，最後花了兩年多的時間才蓋完。其實，撇開當地人的傳言，那棟樓八年多來，一共住過一百多戶人，都沒有出過什麼大問題。」

我皺了皺眉頭，「但現在發生的事情，根本就不能單純用巧合來解釋。住在同一棟樓裡的幾戶人，兩個莫名其妙地殺人，一個毫無理由地自殺。而且死掉的人，屍體上無一例外地都出現了怪異的痕跡，這要多大的機率，才能出現這樣的巧合？」

低頭又想了想，我補充道：「還有周壘，也是那棟樓的住戶，他每天都在作惡夢。而且脖子上，也出現了那種手掌狀的痕跡，這也算是巧合嗎？」

表哥瞪了我一眼，像在努力地整理思路。不久，他猛地一拍膝蓋，大聲道：「糟糕！會不會是傳染病。看來，應該立刻通知衛生局，將整棟樓封鎖起來。」

我靈光一閃。對！也有可能是某種未知的傳染病毒。

那種病毒如果能侵襲入腦部，讓人產生幻覺，倒是可以解釋那棟樓裡的住戶，為什麼會毫無預兆地殺人、自殺或者作惡夢。也能解釋為什麼他們身上，都會有一些怪異莫名的痕跡。

如果真的是病毒的話，就麻煩了！

它的傳播途徑是什麼？進去過那棟樓的人，會不會都變成了病毒帶原者？我進去過，我會不會已經在不知不覺中，染上了那種病毒？

突然覺得一陣惡寒，大腦也開始胡思亂想起來。不能否認，我確實害怕了。

表哥夜峰的手機響了起來，他剛一接聽，頓時驚訝得冷汗都流了下來。

「小張，停車，我們立刻回柳條鎮。」他無力地伸出手拍了拍駕駛座。

「怎麼了？」我抬頭問。

表哥沮喪地苦笑，「張小喬剛剛被發現，死在了精神病院裡！」

「你說什麼！」我震驚得幾乎坐了起來，「報紙裡不是說，她有暴力傾向嗎？

「有暴力傾向的精神病患者，一般會被關在牆壁四周都貼著軟泡棉的房間裡，四肢也會用特殊的約束帶限制行動。她不可能有自殺的能力，究竟那個女人，是怎麼死的？」

「是窒息。」表哥的笑容更苦澀了。

窒息？怎麼窒息？難道，她憋氣把自己給憋死？

就算她願意，生理上也不可能允許。

如果肺部缺氧到一定程度的時候，就會強制自己呼吸，這屬於非條件反射。那這個瘋掉的張小喬，究竟是怎麼窒息而導致死亡的？

突然覺得，一切都在往極壞的方向發展。事情，真的是越來越古怪了！

第七章 召靈遊戲（上）

夜晚來得很突然。

會用到「突然」這個詞，是因為真的很突然。太陽突然地落下，夜幕突然地降臨，然後，九點到了。

我的大腦依然暈乎乎的，今天看到和知道的東西，實在太多了，思緒亂成了一團，無法有效地將頭尾銜接起來。

再次回到陰樓時，我看到了樓下正焦急等待著的周超凡。

「夜不語，你總算來了。」他緊張兮兮地從衣服口袋裡掏出一條手巾，擦著額頭的汗水。

我輕輕「嗯」了一聲，依然低著頭，算是打了招呼。

他見我不願說話，也悶不吭聲地走到我身旁。

「人都找齊了嗎？」我還是沒辦法理出頭緒，於是乾脆放棄。線索，還是太少！

「齊了。」

「那他們都到了嗎？」

「到了。」似乎覺得回答得太簡單，周超凡補充道：「他們都去亂葬崗裡等著了。」

「都是些什麼人？」

「除了你、我和堂哥外，其餘的三個，都是我國中同學。」遲疑了好一會兒，他突然語帶猶豫地問：「夜不語，上次你和韻含提起過降頭術和蠱什麼的。降頭術你解釋得很清楚了，那麼，蠱究竟是什麼東西？」

「看不出來，你對這些滿好奇的。」我看了他一眼。

周超凡立刻惶恐地笑起來，笑容怎麼看怎麼覺得尷尬。

我又看了他一眼，這才解釋道：「蠱，相傳是一種人工培養而成的毒蟲。放蠱是中國古代遺傳下來的神秘巫術。

「過去，在中國的南方鄉村中，曾經鬧得非常厲害，談蠱色變，誰也不敢當它是假的。文人學士交相傳述，筆之翰籍，也儼然以為煞有其事。一部分的醫藥家，也信以為真，於是，就想出許多蠱的名堂。

「據說，蠱一共有十一個種類。分別是蛇蠱、金蠶蠱、蔑片蠱、石頭蠱、泥鰍蠱、中害神、疳蠱、腫蠱、癲蠱、陰蛇蠱、生蛇蠱。過去，有些人專以製蠱來謀財害命……」

周超凡專心地聽著，過了許久，才佩服得五體投地，說道：「早就聽說小夜你學識淵博了，沒想到，你就連這麼冷僻的東西都知道。

「我在圖書館裡查了好久，都查不到這麼詳細的解釋。那，降頭術呢？應該也有解法吧！」

鬱悶，怎麼和我相處過的人，慢慢地都會叫我小夜？難道，我真的很小嗎？還是我的樣子看起來很小？

我不禁摸了摸自己的臉，不爽地解說起來：「當然有。降頭術在南洋鬧得很厲害，有很多人害怕，就常常請教降頭師的破除和防禦的方法，慢慢地這些方法，成為了家傳口授最普遍的常識，流傳了下來。

「普通降頭術的解法一共有二十招。這些方法我也不怎麼清楚，不過，據說每個人各時期，都有不同的運勢，明顯的表現，是體質上的生理週期。

「當然，我們在低潮的時候，比較容易受到降頭術所害，另外，在遇到有研究的施法者，或者天生體質比較特殊的對手時，相應地你自己的知識和體質，就變得很重要……」

解說完時，亂葬崗也到了。

夜晚的風很大，就像有一隻無形的手，在使勁地拉扯著我的衣服。突然覺得很冷，猛地打了個抖，用力裹緊外衣，卻沒有絲毫效果。

這地方果然有些名堂，怪不得當地人會害怕了。隨意向四周看了看，只見亂葬崗裡黑壓壓的，幽綠色的磷火在夜色裡，淡淡地發散著寒光。

不遠處，隱約還可以看得到一絲橘色的手電筒光芒，似乎周圍有幾個人影。

想到了什麼，我突然問：「你和趙韻含是什麼關係？」

「我和嫂子沒有任何關係！」周超凡明顯地誤會了，急忙擺手。

「不會吧，你叫得那麼親密，會沒有任何關係？我又不是傻子！」我又氣又笑，懶得再解釋。恐怕這個誤會，已經傳遍全校，唉，某些事情真的會越解釋越麻煩，還是保持沉默聰明一點。

「真的沒任何關係。」周超凡急得差點哭了出來，就像我對他做了什麼恐怖的事情一般，「是她強迫我那麼叫的，而且……而且也是她主動找上我，強迫我告訴她堂哥身上發生的事情，就只是這樣而已！」

「不應該這麼簡單吧。」我又著手停住了腳步，「怎麼沒見她逼過我？」

「老天，你夜不語是什麼人，誰敢強迫你啊！」周超凡大叫冤枉，「趙韻含曾經告訴我，如果有人能幫助堂哥的話，就一定是小夜你。

「她還告訴我，必須想辦法引起你的好奇心，不然的話，堂哥絕對活不過下個禮拜。」

我皺起了眉頭。那個趙韻含究竟想要幹什麼？她一連串古怪的舉動，到底有什麼目的？

頭痛。一直以來，遇到過許許多多詭異離奇的事情，也遇到過許多怪異莫名的人，但唯有這個女人我無法猜測，甚至沒辦法揣測她下一步會做什麼。

說實話，自己對她的好奇，甚至超過了這個事件的本身。

「小夜，九點半了。」見我發呆，周超凡小聲地提醒道。

我點了點頭，「我們過去吧。」

有手電筒光亮的地方，站著四個人。除了我認識的周壘以外，其他的兩女一男都和我同齡。男的桀驁不馴，一副不怎麼把人看在眼裡的感覺。

女孩則溫柔地垂手站著，面目清純，好奇地打量著我。另一個用長髮將兩頰遮住了，看不清真實的樣子，不過從身材上判斷，應該是個美女。

那女孩看起來，似乎有什麼心事，不斷用鞋子踩著身前的土塊。

「這位叫徐匯，國中時我們學校裡有名的公子帥哥。」周超凡指著男孩介紹後，轉向了溫柔的女孩，「這個是許睫，大美女，對什麼都好奇。

「她一聽到我說，有好玩的東西，就死活拉著我要加入。」

許睫溫柔秀麗的臉微微抽搐了一下，然後露出開心的笑容。

這一連串複雜的表情落進我的眼裡，腦中立刻像攪動著的五味瓶，什麼感覺都湧了上來。奇怪，事情似乎並不像周超凡說的那麼簡單！

他最後指著長髮美女道：「這位是張穎雪，我國中時的校花。」

我不等他介紹自己，搶先開口道：「我叫夜不語，是周超凡現在的同班同學。各位帥哥美女，大家到這裡來的目的，應該都知道了吧？」

徐匯哼了一聲，「不就是玩一個遊戲嗎？」

「沒錯，確實只是一個遊戲，不過，這個遊戲不太一般。」我故作神秘地壓低聲音。不管了，雖然看起來，這三個人來得並不是心甘情願，不過，倒也不是我能擔心的，只要人數夠就好。周超凡，這個傢伙看來真的不簡單。

「管他什麼遊戲，快點開始，完了我還要回家做功課。」張穎雪抬起頭不耐煩地說，長長的頭髮順勢滑向兩旁，總算讓我看清了她的臉。那張臉很美，但我總覺得在哪裡見過。

沒有理會他們各異的心態，慢悠悠地長長吸了口氣，我才緩緩道：「在玩這個遊戲之前，我先要問一個問題。大家是不是都多多少少知道一些迷信的傳說？」

這個問題一說出口，旁邊的五個人表情更複雜了。

徐匯十分不友善地瞪了我一眼，欲言又止，好久才說道：「我只聽說，如果注視著裂開的鏡子，就會被吸到鏡子裡去。如果在合併的鏡子裡，看到的第十三張臉的眼睛是閉著的話，那這個人，不久就會魂歸西天。」

有人先開口，後邊的人就自然多了。

許睫也開口道：「據說，要是在房間的四面牆壁，都貼滿海報的話，就比較容易被鬼壓床，這是因為幽靈無法從房間出去的緣故。

「還有，睡前看著房間的四個角落之後再睡，就會被鬼壓床，無法動彈。」

周壘撓了撓頭，「我聽說，看到靈車或喪禮，要把自己的大拇指藏起來，否則父母會死得很悲慘，也有人說，如果不暫時停止呼吸也不好。

「以前小時候，我倒是曾經在騎腳踏車的時候看到靈車，結果為了把拇指藏起來，而把雙手放開，最後連人帶車都摔倒了！丟臉得要死！」

周超凡想了想，「我聽姥姥說過，如果在九點時一直盯著天花板看，窗戶會傳來『咚！咚！』的聲音，這時，如果不問『請問是哪位？』的話，過幾天就會死得很慘。」

輪到張穎雪了，她猶豫了一下，才講道：「如果看到短尾的貓就會失戀；星期六下午如果看見黑色的貓，就會有不好的事發生；看到黑色的貓，如果不倒退三步的話，就會發生不幸的事。不過，都是胡扯。」

我點了點頭，滿意地繼續話題，「其實，這些類似的迷信傳說還有很多。例如：星期五晚上修剪指甲，就會失戀。半夜兩點不可以照鏡子，否則，會看到自己以外的人。如果准考證的號碼可以被七或三整除，那就一定可以考上！

「據說，要是一對情侶分別站在樹的左右兩邊，探出臉來照相的話，將來一定會分手；即使結了婚也會離婚！浴室天花板的四個角落有很多幽靈，它們會趁人在洗頭的時候殺人。

「如果耳朵深處覺得搔癢，隔天就有好事。早上要是左邊耳朵癢，當天就有好事。這個迷信倒是滿好的，畢竟不管怎樣，都是好事嘛。」

頓了頓，我繼續道：「還有一些，例如，很多人在說話卻忽然靜下來的時候，聽說是天上有天使經過，可是，也有人說是惡魔經過。

「據說，長頭髮的人比較容易看到幽靈。晚上背靠著牆壁念書的話，會有一個老婆婆從牆壁中跑出來，拍念書的人背膀二次。這次絕不能回頭，不然頭會被她砍掉。

「如果二十歲之前都沒看到幽靈，那就一輩子都不會看到。同樣的，如果二十歲之前都沒有被鬼壓過，就一輩子不會有了。如果指甲上出現白色斑點，就會有人贈送你想要的禮物。」

好不容易說完，我嚥下了一口唾液，沉聲道：「迷信和傳說，都是人類文化遺留下來的產物，所謂存在就有它一定的合理性。不過，這些迷信你們都信嗎？」

這個問題，又引起五個人之間的一陣沉默。

看著他們臉色不爽的樣子，我倒是完全確定了，這些傢伙，每個人都有自己來的原因，絕對不是單純地覺得好玩。

恐怕有些人，甚至不願意來，只是出於某種理由或原因，他們沒辦法拒絕。

「不信，哪會有人信那種蠢事。」又是徐匯首先打破這片死寂的沉默。

「我也不信。」張穎雪這次倒是回答得很乾脆。

許睫略微想了想，「我倒是有點相信，就像星座算命一樣，恐怕寧可信其有，不可信其無。許多人鐵齒的結果，還是弄到自己吃虧。」

周壘同感地點點頭，「這些怪力亂神的事情，以前我不信，但現在倒是不得不信了！」

「那你呢？」望著低下頭沉默的周超凡，我問。

「我信。」他回答得簡潔明瞭，語氣裡少有地沒有帶任何的緊張。

「很好。」我再次滿意地點頭，「那麼，我最後問一個問題。有一家五口人，分別是小明、弟弟、爸爸、媽媽、爺爺，總之，我們暫且稱為小明一家。

「他們出門去旅遊，可是路途上，卻有一條必須過的河，河上有一座獨木橋。而且天公不作美，來到河邊時，已經到了晚上，過橋的時候黑漆漆的很危險，所以必須有燈才行。

「現在我們知道，小明過橋要一秒，小明的弟弟要三秒，小明的爸爸要六秒，小明的媽媽要八秒，小明的爺爺要十二秒。每次此橋最多可過兩人，而過橋的速度，依過橋最慢者而定，可是燈在點燃後，三十秒就會熄滅，到那個時候，誰也沒辦法過去，偉大的旅遊計畫，也沒辦法進行下去。那麼，請問小明一家，如何在三十秒內過橋？」

頓時，所有人都被我這個問題問得呆住了。

沒人明白我想幹嘛，只是眼神呆滯地望著我，明顯地還沒有從靈異問題上，跳躍到數學運算裡。

第八章 召靈遊戲（中）

據說，十八世紀的東加王國，當地所有處女的初夜，只能由國王來享受。一七七七年時，已經八十歲的老國王，平均每天要與八到十位處女發生性關係。據統計，這位國王一生中，共與三萬七千個處女發生了性行為。

聽到這個故事的時候，我感覺很佩服。畢竟，要和三萬七千個處女發生關係，不但要至高無上的權利，還需要莫大的毅力和耐心。

只是，這個世界上有耐心的人，越來越少了，譬如說，現在我眼前的那幾個。

「你小子到底想幹什麼？」徐匯實在忍不住了，黑著臉大聲吼道：「要玩我們，也要有個程度，老子不玩了！」說著一甩手，就往出口走。

周超凡在他身後喊了一聲：「小匯。」

只見徐匯全身猛地一抖，突然垂頭喪氣地轉過身，用惱怒的眼神從我的身上滑過，然後死死地盯住了周超凡。

「小夜，忘了告訴你一件事。小匯不但是我的國中同學，還是某個人的弟弟。」

周超凡望向我，用緊張兮兮的語氣，說著並不應該緊張的話。

「哦，那個人我認識？」我漫不經心地問。

「應該算認識吧。」他想了想，「今天我們一起見過。」

我的臉色微微閃過一絲驚訝，試探著問：「徐舜鴻？」

「就是他。」他點頭，「關於他哥哥的死因，小匯很緊張，他根本不相信警方說他是自殺的。

「對吧，小匯。這不是你來的原因嗎？」

徐匯哼了一聲，看著我，「沒錯。聽周超凡說，你知道這件事的許多內幕？」

「內幕我倒確實知道一些，不過，要知道的話，就依照我的遊戲規則玩下去。」

我微笑著，語氣裡絲毫不帶有半點威脅，不過聽的人會怎麼想，就不是我需要考慮的了。

「你要怎麼玩？」徐匯使勁地嚥下一口怒氣，咬牙切齒地問。

「很簡單，先回答我的問題。小明一家究竟該怎麼做，才能在三十秒內過橋？」

他瞪著我，許久，最後才失魂落魄般地低下頭，心裡開始默算起來。

所有人一時間都陷入了沉默。

好幾分鐘過去，許睫才首先說道：「我答不出來，不管怎麼算，我都要花三十五秒。」

接著，張穎雪也放棄了，「我算來算去，老是不能少於三十三秒。」

「你們比我好，我要過的話，至少要用三十八秒。」周壘臉紅著搖頭。

「哥，你是語文老師，數學不好，也不奇怪，用不著在意。」周超凡連忙安慰道。

「你算得出來嗎？」周壘也覺得頗有道理，立刻神氣了起來。果然是個單細胞。

這次，輪到周超凡臉紅了，「我比你更不如，我要四十多秒。」

「哼，一群笨蛋。」徐匯抬起頭，直視我的眼睛，「我算出來了。」

「哦，有趣。說來聽聽。」我不動聲色地說。

「這個傻瓜問題，實在很簡單。」他不屑地衝我搖晃自己的食指，用像在向低能兒施捨解釋的姿態道：「第一步，小明與弟弟過橋，小明回來，耗時四秒；第二步，小明與爸爸過河，弟弟回來，耗時九秒；第三步，媽媽與爺爺過河，小明回來，耗時十三秒；最後，小明與弟弟過河，耗時四秒，總共耗時三十秒，哼，很簡單吧！」

「小匯，你好厲害！」許睫誇張地拍著手歡呼道。

「很不錯！」我也讚賞地點了點頭，「這類智力題目，其實，是考察一個人在限制條件下解決問題的能力。

「具體以這道題目來說，很多人往往認為，應該由小明持燈來來去去，這樣最節省時間，但最後卻怎麼也湊不出解決方案。但是，換個思路，我們根據具體情況，來決定誰持燈來去，只要稍稍做些變動就行了。知道我為什麼要問你們這個問題嗎？」

眾人相互看了一眼，都疑惑地搖頭。

「這是為了對你們的思考方式，和思考方式的轉變能力，做一個判斷和評估。」

怕他們還不能理解，我繼續解釋道：「根據一些研究顯示，思考方式和思考方式轉變的能力，往往也與一個人在各種事情中的應變與創新狀態，息息相關。

「所以回答這個題目時，必須衝破僵化的思考模式，試著從不同的角度考慮問題，不斷進行逆向思考，換位思考，並且把題目與自己熟悉的場景聯繫起來，這也是我們接下來玩的遊戲中必須的。

「還有最重要的一個目的，遊戲者的先後順序，我已經從你們的答案裡排出來了！」

身旁的五個人，又是一陣吃驚。

「那我的能力怎麼樣？」許睫靠近我悄悄問。

「秘密。」我微笑著。

「小氣，那你能不能告訴我，我們之中誰最笨？」她還是沒有死心，嘟著嘴又問。

「秘密。」我依然在臉上掛著笑容。看不出來這位看起來文靜溫柔的女孩子，居然這麼好奇，果然是人不可貌相啊！

沒有理會她幽怨得可以殺人的表情，我咳嗽了一聲，「現在，遊戲開始。不過，首先呢——」

還沒等我展開長篇大論，就有人不耐煩地打斷了我，「怎麼還來啊，你究竟要囉嗦到什麼時候？」是張穎雪，她冷冰冰的臉上湧起了強烈的怒意。

我也懶得再裝出一副人畜無害的好好先生模樣，回瞪著她，一字一句地將詞咬得很清楚，「我接著要說的話，才是重點。我也討厭囉嗦的人，不過，我寧願囉嗦一點，也不希望出現危險。」

「危險？」張穎雪氣得顫抖起來，「大不了就是個死，有什麼了不起的。何況，只是個遊戲，能有什麼大危險。」

「不要當所有人都和妳一樣，命不值錢。」

我最看不慣仗著自己是女生就賣乖的所謂美女，諷刺道：「知道什麼叫風險投資嗎？在經濟學上來講，這個專有名詞的意義，是風險最少的投資。

「我為人處世的基本原則，也是如此。冒最小的風險，盡量將所有事情考慮周全，把危險最大化地扼殺在搖籃裡！」

她一時語塞，身體氣得就像秋天的落葉一般，抖得更劇烈了。

我轉向了其餘的人，視線微微從每個人身上滑過，這才說：「玩過這個遊戲後，我希望你們記住，未來的一個禮拜內，有六樣事情是不能做的，或者需要盡量避免的。」

「有那麼嚴重嗎？究竟是什麼樣的遊戲？」周壘不放心地問。看來，他對靈異的事情，已經開始心有餘悸了。

「只是個普通的遊戲罷了，非常普通。」我淡然說著：「只要過了一個星期，就沒問題了。不過信不信，當然要看個人的信仰了。

「譬如說我自己，直到現在，還是有點半信半疑的。」

「那究竟是哪六個需要注意的事項？」周超凡明顯地也被我吊起了好奇心。

「你們聽仔細一點，我不會說第二遍。」我回答道：「一、不能在床頭掛風鈴，風鈴容易招來那東西，而睡覺的時候，是最容易被入侵的。二、不能夜遊，晚上出門遊蕩玩耍，不能超過十點半。

「三、不能在夜遊時喊名字，要喊，盡量都以代號相稱，以免被那東西記住你的名字。四、不要輕易回頭。晚上走在荒郊野外，或人煙稀少的地方時，覺得『好像』有人叫你，千萬不要輕易回頭，因為有可能是那東西。

「五、不要將拖鞋放在頭朝床的方向。那東西會看鞋頭的方向，來判斷生人在哪裡，如果鞋頭朝床頭擺，那麼，那東西就會上床和你一起睡。六，不要過了晚上十一點拍照，這樣容易將那東西一起拍進來，然後帶回家。」

聽完，所有人都倒吸了一口冷氣。

「老天，我們到底要玩的是什麼遊戲？！」許睫語氣顫抖地問。

「真的只是個非常普通的遊戲罷了。」我笑著，輕鬆地伸了個懶腰，「真的……」

「放屁，你的注意事項裡，常常提到一個稱為『那東西』的名詞，『那東西』究竟是什麼？」徐匯瞪著我大聲問。

「說實話，我也不知道。」我無奈地攤開手。

「我知道，是鬼，對吧！」張穎雪冷哼著，「我們要玩的，是不是召靈遊戲？」

「妳說是就是吧，你們到底還要不要玩？」我的聲音也冷了下來，「現在想退出，還來得及。」

五個人互相看著，沒點頭也沒搖頭。

許睫遲疑地問：「有沒有危險？」

「我不知道。」我簡潔地答。

「要我們玩這個遊戲，你究竟想幹嘛？」徐匯冷靜了下來。

「無可奉告。」我聳聳肩膀，「我不會強迫你們。現在我再問一遍，是不是都要玩？」

張穎雪的視線移動到了周超凡身上，「那你問問那小子，我有選擇的權利嗎？」

「沒有。」周超凡低下頭，看不到他的表情，不過，語氣卻十分地斬釘截鐵，「為了我哥，真的很對不起，麻煩你們了。」

「哼，麻煩，確實很麻煩。」張穎雪冷笑連連，搖著頭不再說話。

「既然沒人要退出，那我們就開始了。」我走到一座墳堆前，看著沒有任何字跡的墓碑，輕聲說：「請碟仙的方法，大家都知道吧？」

「我們要玩碟仙？」周超凡疑惑地問，「碟仙我知道，可是，並不需要你剛剛提到的注意事項啊。」

「雖然一樣是請碟仙，不過，我們馬上要開始的方法，並不一樣。」我一邊說著，一邊忙碌地將帶來的東西，從背包裡掏出來。

「指南針、紅繩子、礦泉水、香菸、四根木頭……奇怪，這是什麼？」從我手裡接過東西的周壘，看了一眼密封的皮袋，好奇地聞了一下，立刻噁心得捂住鼻子，「好臭！」

「牛屎當然臭了。」我大笑起來。

「牛屎！你帶這些玩意兒幹嘛？」許睫好奇地用手戳了戳，問道。

「據說那東西怕水，這瓶礦泉水，等下要灑在四周。還有，香菸是用來引那東西的。點燃一根香菸放在入口的位置，會讓那東西被吸引過來。

「至於牛屎，據說那東西怕穢物，這是最重要的防身手段，如果有危險的時候，記得立刻抓一把扔在那東西身上，它就會逃掉。至於紅繩子……」我神秘地將繩子接過來，「這東西，是最重要的。

「把紅繩繫在四根柳木上，裡邊就可以形成一個那東西無法進入的結界。」

「你懂的東西真多！」許睫莫名其妙地用羨慕的眼神看著我，「真的會有用嗎？」

「不知道。」我不負責任地搖頭，「我也是從書上看來的。」

「那這個東西，有什麼用處？」周壘拿起指南針問。

「這東西是用來現影的。」我解釋道：「畢竟我們召喚的那東西，沒人能夠看到。

「拿一塊磁鐵放在黑暗的地方，如果磁鐵周圍會有微光發出，就證明那東西來了。」

「無稽之談。」徐匯昂起頭，哼了一聲，「一個無聊的遊戲，也弄得神神秘秘，世界上哪可能會有鬼！」

「我可沒說過要召鬼。」我回敬。

「那究竟是要召什麼？」他瞪著我。

「無可奉告。」我沒再理他，任他臉色陰沉的在原地氣得發抖。

我將柳木釘進土裡，用紅繩子在四根柳木上，繞出一塊七平方公尺左右的梯形空間，四周點上九根蠟燭，將指南針放在唯一的出口處。

我這才深深地吸了口氣。「要開始了。」

眾人緊張地圍坐到中央位置，呆呆地看著倒置在平鋪的報紙上的那個標明箭頭的小盤子，許睫甚至連嘴唇都顫抖起來。

「開始前，大家還有什麼要問的？畢竟遊戲進行時，不管發生了什麼，都絕對不能說話。」我的視線從周圍五個人的身上逐一滑過。

「我有。」周超凡舉起手問：「既然你說這個碟仙的請法不一般，那究竟有什麼步驟？還有，進行時的注意事項有哪些？」

我機警地看了他一眼，這個傢伙的思考判斷以及觀察能力，也太不尋常了吧！

一般人在這種情況下，往往會緊張得喪失正常的判斷能力，但是，他居然還能考慮到細節。

我不動聲色地解釋道：「其實，方法也和一般的沒什麼兩樣，只是步驟繁雜了一點，而且，需要準備的東西多了些……」我開始解釋：「最後，碟子上的箭頭，必須用童女的血來畫，而且要在玩前不久畫好。

「這上邊的血，就是我在幾小時前，從某個人手指上騙來的。」

想起徐露痛得齜牙咧嘴的樣子，我不禁笑了起來，那小妮子，勉強應該算是童女吧。

「最重要的是，所有玩者必須起誓，不將所知的答案透露，否則會受詛咒。請仙時，將碟子倒放在報紙上，各人放一手指於碟背，然後自報姓名，並恭請碟仙駕臨。

「如果碟子自動動起來時，就可開始提問了，但請注意，千萬不要問關於碟仙身世的問題。

「如果碟子會動，停下來時，所指中的字便是答案，等問完問題後，將碟仙送走，才可以收回手指。」

「最後——」我將聲音拉長，引起他們的注意，「我要把放手指的順序說一下。」

「放手指還需要順序？」許睫奇怪地問。

「沒錯，這就是我的碟仙遊戲和其他不同的地方。」我點頭，「最先是周超凡和周壘，請你們兩個將手指放在碟子上。

「每過三分半鐘，就多一個人加入，順序依次是許睫、張穎雪、徐匯，最後是我。」

「怪了，你這個莫名其妙，毫無根據的排列方法，是從哪裡來的？」徐匯又開始吐嘈了。

我微微一笑，「剛才我就提到過了，我是根據你們對小明一家過橋時間的計算，來排列順序的。」

「我還是不明白。」他哼了一聲，「究竟你的這個根據，是從哪來的？」

「很簡單。思考方式和思考方式的轉變能力，有很大一部分能夠代表意志力。而一個人意志力的堅強與否，是影響召喚那東西成功率的關鍵。

「也就是說，能夠在最短時間內正確回答出來的人，不但最聰明，而且意志力也最堅強。」

「哦，那你的意思是，你比我更聰明了！」徐匯不服氣地撇著嘴。

「我以為，你早就明白這一點了。」我笑著，「沒想到，你比我想像的更笨。」

「王八蛋！我有哪一點比你笨了！」他提起拳頭想揍人。

我直視著他的眼睛，悠然道：「你想玩這個遊戲嗎？」

「廢話，當然不想！」

「那你為什麼還要玩？」

徐匯一時語塞，似乎明白了什麼，頭顱像蔫掉的茄子一般，低了下去。

「都沒問題了吧？」我掃視了下四周，「那好，準備開始！」

周超凡和周壘沒有多話，將手指按在了碟子上……

第九章 召靈遊戲（下）

鬼是什麼？請碟仙請來的，究竟是仙還是鬼呢？恐怕這些問題，永遠都不會有答案。

記得曾聽過一個老人講，鬼都是人死後，還沒有來得及被閻王審判的靈魂。大多的鬼並不會害人，只有前世受冤作屈得多了，忍無可忍，才會尋機報仇，但事後也要受到閻王的懲罰，再也無法投胎作人。

據說，上天有好生之德，敢於冒閻王責罰的鬼，是不多的。老人還告訴我，如果一個人在野地裡獨行，一旦遇見鬼，千萬不必害怕，畢竟由於是異類，而略帶防「鬼」之心，也在情理之間。

這個不尋常的碟仙遊戲，也是那個老人教我的，他說用這個方法，成功率幾乎達到了百分之九十，而且請來的，百分之百是我希望請到的東西。

那個老人就是我的爺爺，夜雲動，他常常帶我到郊外去看星星。他還告訴我，如果將天上的星星都數清楚了，我這一輩子都不會再有煩惱。等我長大後，才發現他在騙我，天上的星星，是不可能數得清楚的。

那是不是意味著，人生在世，就不可能擺脫煩惱呢？現代的人總是認為，會認真去數星星的，不是天文學者就是傻子，恐怕，也只有傻子，才不會被塵世給束縛住吧……

扯遠了。

記得爺爺將這個方法告訴我後，突然問我：「小夜，知不知道什麼是《地獄辭典》？」

六歲的我搖著小腦袋。

爺爺大笑起來，「乖孫子，我教你的這個碟仙方法，就是從《地獄辭典》裡繁衍出來的。小夜，千萬記住，如果不到萬不得已的時候，千萬不要玩這個遊戲！」

現在，是萬不得已的時候嗎？陰冷的亂葬崗裡，蠟燭散發著微弱的光芒，四周有風，火苗微微顫抖著，氣氛越發地詭異起來。而在紅繩子繞成的結界中，我卻在苦笑。

究竟玩這個遊戲，到底會有什麼後果？爺爺的話穿過了十三年的歲月，浮現在腦海裡。他是我最崇拜的人，學問淵博，似乎什麼都難不倒他。但是，最後他卻失蹤了，失蹤了十二年，至今生死未卜。

我用力搖了搖頭，想將頭腦中的混亂思緒甩開。

奇怪，自己到底怎麼了，遊戲還沒正式開始，卻已經胡思亂想起來，實在太不像我了！

努力讓自己不再猶豫，我心不在焉地望著出口處閃爍不定的燭火，示意他們可以繼續。

周壘和周超凡點點頭。或許是光線的原因，他們放在碟子上的手指，在微微顫抖著。

「我是周壘。」

「我是周超凡。」

「碟仙，碟仙，請出來。碟仙碟仙，快出來！」

他倆認真地請了大約三分半鐘，碟子絲毫都沒有動的跡象。我衝許睫點了點頭，這個溫柔好奇的女孩稍許猶豫了一下，還是將手指放到了碟子上。

「我是許睫，碟仙，請出來。碟仙，快出來！」

遊戲繼續著，但是，碟子依然沒有絲毫移動。

「不如一邊玩，一邊講鬼故事吧。」我說道。

我雖然是提議，但卻建議得斬釘截鐵，沒有給他們回絕的餘地，「就從我先開始。這個故事的名字叫《手機》，偶然從網路上看來的。作者的名字，早就不可考證了。

故事發生在三年前的某個城市，主角是個叫小雪的二十二歲女孩……

□

小雪買了支新的手機，所以最近心情超好。她常常炫耀似的把手機放在辦公室窗戶的桌子上，陽光下，金屬外表閃閃發亮，煞是惹人喜愛。

今天是七月鬼門開的時候，中午她收到了許多祝福的簡訊。

小雪將手機偷偷地放在辦公桌下，抬頭發現經理不在，便津津有味地讀起來，時不時回覆一條。好不容易折騰完後，這才依依不捨地如平常般，將手機擱在桌子上，開始整理客戶資料。

突然，手機鈴聲再次響了起來，聲音卻有點異常，似乎喇叭被一隻無形的手按住了似的，陰沉沉的，聽得人十分壓抑。

小雪無奈地搖搖頭，拿起手機查看。是一封簡訊，上邊只有聊聊數字：「後天晚上十點」。

「什麼亂七八糟的啊！」身後有個同事湊過來，然後誇張地捂頭叫道：「這句話似乎並不算什麼祝福吧，難道是我老了，跟不上時代了？」

「哪有？您可是時代尖端的表率，怎麼可能落後呢！可能是無聊的人在開我玩笑吧。何況這個號碼，我根本不認識。」小雪笑了笑，不在意地將簡訊刪掉，繼續整理她的資料。

第二天還是中午的時候，她又收到一封簡訊，內容與上次的居然有些關聯。

「明天晚上十點」。

小雪開始有些不耐煩了，她回撥那個號碼，想看看連續兩天騷擾自己的無聊人是誰。但對方的號碼，居然是空號！

奇怪了！那簡訊究竟是怎麼發到自己手機上的呢？難道是錯線？不知為何，她的內心不安起來，總覺得會有什麼事情發生。

第三天，在同樣的時間，手機再次響起沙啞低沉的聲音，那封簡訊來了。小雪煩躁地拿起來看了一眼，頓時一股惡寒竄上了背脊。

簡訊上只有四個字：「今晚十點」。

她打了個冷顫，不死心地又撥回去，依舊是空號。那個熟悉的機械聲音，從手機裡傳出來，卻透著讓人發冷的詭異。

究竟是誰在玩弄自己？這個，真的只是個惡作劇嗎？希望如此吧！

小雪望著簡訊發呆，最後決定今天下班後早點回家，絕對不在外邊閒逛。這時，部門的經理卻將一大疊檔案，擺在了她的桌子上。

「小雪，客戶來電話通知，談判時間改為明天早上，所以妳所負責的文案，必須要在今晚弄好，可憐，看來妳只好加班了。」經理的聲音裡略帶嘲笑。

小雪急了起來，「可是今晚十點前，我一定要回家！」

「怎麼？妳真的信那個亂七八糟的簡訊？」經理哼了一聲，「現在都什麼時代了，妳居然還迷信。

「不管了，這次的項目，老總非常看重，如果妳這個企劃弄得不好，搞砸了，就自己把辭呈遞上去。最後問一句，要做？還是要回家發妳的簡訊？」

「我做！」小雪沮喪地低下頭，沒辦法，現在的世道，工作實在太不好找了。

簡訊上不是說，今晚十點嗎？那之前就拚命把工作結束，應該還來得及吧！

時間飛快地流逝，七點過後，辦公大樓裡面的公司員工，都陸陸續續地下班了，大樓裡異常安靜。小雪訂了份便當，匆匆吃了幾口，便繼續全心投入到工作中。

到了八點半，所有人都走了，只剩下她一個人，還忘我地在電腦前拚殺。

不知又過了多久，突然，手機響了起來。正是那個陰沉沉的壓抑聲音，是簡訊！

她被嚇得寒毛都豎了起來，緩緩地回過頭，望向身後的鐘。還好，不是十點，才九點。

不怕！不怕！她鬆了一口氣，用手撫摸著狂跳的心臟，然後拿起手機。

「還有一個小時」。

居然又是那個奇怪的號碼，還有那個莫名其妙的簡訊內容！老天！究竟自己得罪了誰，要弄得自己整天擔驚受怕，寢食難安。

小雪不禁開始回憶身邊的每一個人，但還是沒有任何線索。對於人畜無害的自己而言，應該沒什麼敵人才對吧。

算了，飯碗重要，但命更重要，賺再多的錢，也要有命來花。還是早早離開為妙！

小雪掃視空蕩蕩的辦公室，打了個冷顫。沒想到，夜晚的辦公室，居然恐怖到有點讓人無法接受。

她關掉手機，然後將文案塞進皮包裡，匆匆離開。

走出了那棟地獄般的大樓，心情才稍微好了些，她隨手點燃一支菸，深呼吸了一口涼氣，然後悠然地穿過回家必經的一條馬路。

就在這時，手機突然響了起來，原本好聽的鈴聲，變得像是無數的厲鬼在哀怨號叫。

老天！自己不是已經關機了嗎？這聲音，到底是從哪裡發出來的？小雪愣了一下，停下了腳步，翻動手提包，準備將那個該死的手機掏出來……

夜空劃過一道尖銳剎車聲，金屬外表的手機，在空中畫了一個圓，落在一片血泊中。

飛馳的貨車撞碎了小雪的顱骨，當場死亡。

她的時間，永遠停留在了晚上十點正。

□

講完這個故事，剛好過了三分半鐘。

我示意張穎雪加入遊戲。這個頗有心機的長髮女孩皺了下眉頭，不情不願地將食指按在了碟子上。

「我叫張穎雪。碟仙，碟仙，請出來！碟仙，碟仙，快出來！」

舊報紙上的舊碟子，依然如磐石一般，動也不動。

「你也講個恐怖故事來聽聽吧。」我望向徐匯。

那傢伙狠狠地瞪著我，見我毫不在意，許久才妥協地哼了一聲，「我以前聽過一個叫做《廁所》的故事，很老，也不知道是從什麼時候流傳下來的。」

□

張琴公司的那層樓，除了她的公司以外，還有其他幾個公司的辦事處，都是些很小的部門。就像許多辦公大樓一樣，一層只有一間廁所，而且在走廊的盡頭，很不方便。

去廁所的路，只有兩條。

廁所佈置得中規中矩，門旁邊是洗手台，門口有一面鏡子，在鏡子裡，幾乎可以看到整個廁所的格局。

公司平常的工作很繁忙，張琴上廁所的時候，幾乎都是用跑的去。今天也和往常一樣，她匆匆衝進廁所，洗手的時候，卻在鏡子裡發現，有一道門是虛掩著的。

張琴好奇地往那個方向瞥了一眼，裡面似乎已經有一個穿著黑色棉衣的人了。那個女人很蒼老，自己並不認識，恐怕是別的樓層的，或者新來的員工吧。她沒有太在意，選了旁邊的位置走進去，解決人生的三急之一。

等到出來的時候，洗手台前已經站著一個長髮的女孩，她的動作很緩慢，慢慢地倒著洗手乳，慢慢地搓著手，慢得讓人心裡發癢。

這個女孩，張琴還是熟悉的。似乎是隔壁公司的員工，她在走廊附近遇到過很多次，雖然從沒有打過招呼，但也算是半個熟人了。

那女孩洗好手，怪異地向後退，一直退到那扇半掩著的門前，猛地一轉身，拉開那間的門，就要往裡邊走。

她不禁好心地提醒道：「那間有人了……」

話語戛然而止。只見裡邊空蕩蕩的，哪裡還有什麼人。

奇怪了，剛才明明看到有個人蹲在裡面的，難道，是自己眼花了？。

由於工作量實在很大，張琴沒有多想，快步走了出去。

過了一段時間，這件事也漸漸被她淡忘了。

然後，又是個忙碌的一天，她像往常一般飛快地跑入廁所。

張琴看到了那天蹲在廁所裡的那個女人，她大概五十歲左右，一身黑色的棉衣，臉色蠟黃，整個臉都是浮腫的，像是被狠狠地毆打過。

張琴在鏡子裡看到，她依然蹲在靠窗戶的那個隔間裡，姿勢一模一樣，似乎一直都沒有動過。看見自己在偷看，居然露出詭異的表情，咧開嘴笑了。

張琴尖叫一聲，嚇得手也沒洗就衝了出去。在門口，正好撞到隔壁的那個女孩子。

「妳怎麼了？臉色好蒼白，發生什麼事了？」她關心地拉住張琴問道。

「裡邊有、有……有鬼！」張琴喘著粗氣，語氣結巴地指著廁所的方向。

「真的假的？會不會是妳看錯了！」那女孩也嚇得抖了一下，漂亮的眼睛眨巴眨巴地，露出好奇的神色。

「千萬別去靠窗戶的那一間。」張琴緊張地說：「已經連續看到兩次了，好恐怖！」

接下來的幾天，她不厭其煩地向每一個人嘮叨，也不敢再去這層樓的洗手間。每次急的時候，都是繞了一大圈往樓下衝。但是，就算這樣預防，她還是第三次看到了那女人！

這次不是在廁所，而是倒楣地在走廊上狹路相逢。

她在人群中跌跌撞撞地走著，卻沒有任何人注意到她。頓時，一股惡寒爬上背脊，再也顧不上淑女形象，張琴大叫著，衝進了經理的辦公室。

「怎麼回事？」經理看了她一眼。

「有鬼！在，在走廊上！」她結結巴巴地指著外邊。

「這世界上哪有鬼？」經理皺了下眉頭，「走，我們到外邊去看看。」

「我不敢！」她可憐兮兮地縮在沙發上。

「不去看，我怎麼知道妳看到的，是不是真的鬼？」經理用力拉住她的手，強迫她走到外邊。

張琴捂住了眼睛，戰戰兢兢地透過指縫，望向走廊。

熙熙攘攘的忙碌員工中，那女人居然還站在原地。如此的明目張膽？難道，是知道只有自己才能看見她？那女人看到張琴，咧開嘴又笑了，露出漆黑的牙齒，煞是嚇人。

「經理，就是她……我不知道你能不能看見，但是她在對我笑。好恐怖！」張琴指著那個穿黑色棉衣的老女人說道。

本來就被她恐怖絕望樣子感染的經理，也緊張起來，但是順著她手指的方向望去，他卻笑了，大笑，笑得腰都彎了下去。

「妳說的鬼，就是她？」經理說。

「對，就是她！難道，您看得見？」張琴高興得幾乎要哭了出來，還好，並不是倒楣到只有自己能看見，至少還有一個人能同病相憐，可喜可賀，可口可樂！

「我當然看得見！」經理又好氣又好笑地在她頭上輕輕敲了一下，「這是我們這層上個月才請來的清潔工！最近大樓要求不只晚上清潔，早上也要清掃，所以妳以前沒見過她。

「我就說嘛，世界上哪來的鬼。我看妳是發神經！以後不要再以貌取人，太庸俗了！」

老天！原來是虛驚一場。

張琴氣死了，害得自己每天要多跑幾層樓！不過還好，終於可以放心地上廁所了。為了解恨，張琴立刻往洗手間跑。剛進去，又遇到了隔壁的那個女孩，她衝她笑了笑，依然用極為緩慢的速度洗完手，然後準備走出去。

廁所的門口正對著那面鏡子，出來的時候整了一下衣服，忽然想起那個好笑的誤會。

張琴覺得，自己應該向她解釋一下，免得那女孩也像自己一般擔心受怕，上廁所也不踏實，便轉身去叫她。

聲音醞釀在嗓子裡，她卻什麼話也說不出來。身體僵硬的愣在原地，刺入骨髓的寒冷凍結了全身。

只見碩大的鏡子裡，只有她一個人的身影。而轉過頭來看著張琴的她，雖然近在咫尺，伸手便可以觸摸到，但鏡子裡卻什麼也沒有。

原來這女孩，她，她才是真正的鬼……

「我講完了。」徐匯吸了一口氣，又是正好三分半鐘。他不等我示意，主動將手指按在了碟子上。

「我是徐匯。碟仙，請出來。碟仙，快出來。」他的聲音很宏亮，似乎在和誰較勁。風更大了，蠟燭本來就已經很灰暗的光芒，搖擺得似乎很快就會滅掉。

不過才過了十四分鐘而已，嶄新的蠟燭，居然已經燃燒了一半，這樣的現象，倒是我從沒看過的，恐怕是風加速了蠟燭的消耗速度吧。

我向出口的指南針望去，指針一動不動，就像舊報紙上的碟子一般。看來，恐怕真的和傳說一樣，要到最後一個人加入進去，要請的東西，才有可能被請來。

不過，請不請得來，又有什麼關係呢？我對這個方法，一直都抱持著懷疑的態度，縱然是自己最崇拜的爺爺告訴我的。

何況，我的目的，原本就不是召靈本身。

「最後一個故事，還是我來講吧。」我抬頭望著陰沉沉，壓抑得讓人喘不過氣的天空，說道：「這個故事的名字叫《我回來了》。是個真實的故事，我的一個朋友告訴我的。他，就是那個故事的主角，楊康。」

□

「有人說，人世間最大的悲哀，莫過於還沒來得及愛上一個人時，已經習慣了那個人的存在，似乎那個人待在自己身邊，是天經地義的事情。但是突然有一天，那個自己習慣而又不愛的人消失了，又會怎樣呢？

「她會迷茫、失落，然後才會莫名其妙地感覺到，自己的生命中，已經沒有辦法容忍失去他的存在。自己已經在習慣中，深深地愛上了他。

「女人就是這種奇怪的生物。她們更像從水星來到地球的物體，水是什麼你知道嗎？女人如同水一般地捉摸不定，千萬不要試圖去弄清楚她們的性質，因為毫無意義。

「女人，原本就應該是待在男人的懷裡，被深深地保護著、愛護著的。」

朋友的婚禮上，楊康多喝了幾杯酒，站在大廳中央的講臺上，語無倫次地吐露著自己的深沉感言。

「其實，男人也是很奇怪的生物，這種生物在結婚前，覺得適合自己的女人很少，結婚後才發現，適合自己的女人，居然還有那麼多！

「但是，我很了解我最好的朋友，那傢伙絕對是世間少有的一等良民，我相信，他會做一個非常稱職的老公、丈夫、孩子他爹，等等諸如此類的職位。

「歐陽律，還有這位美麗的張怡茹小姐，祝你們永遠幸福！」楊康將手中拿了很久的酒杯高高舉起，然後一飲而盡，從容地走下臺去。

大廳中一片寂靜，過了許久後，人們才像清醒過來一般，四周頓時響起巨大的鼓掌聲。

「沒想到，你的口才居然這麼好。」女友倩雪抹著淚，衝他可愛地吐了吐小巧的舌頭，楊康笑起來，在她頭頂愛憐地拍了一下。

滿帶著幸福微笑的那對新人，端著酒杯走了過來，歐陽律沒有多說話，只是和他碰了碰杯子，然後仰頭將酒喝個精光。

這兩個十多年交情的好友，看著對方，突然大笑起來。

「你這傢伙，沒想到穿起西裝來，還真是人模人樣的。」楊康一邊笑一邊嘲諷。

歐陽律也不甘示弱，回敬道：「你也不見得好多少，哪有人參加婚禮居然穿燕尾服？」

「我這不是為了表示，自己尊重你這個朋友嗎？」楊康滿臉無辜，在他胸口上打了一拳，「你小子這下可脫離單身了，看看你，竟然笑得那麼賤，絕對應該再罰喝一杯！」

「好，這杯罰酒，我喝得心甘情願。」歐陽律止住笑，衝他曖昧地眨了眨眼睛，「倒是你，準備什麼時候步我的後塵？

「倩雪可是已經死心塌地地跟著你好多年了，你究竟什麼時候給她幸福？」

「幸福……嗎？」楊康撇嘴一笑，望著坐在身旁正偷偷瞥著自己的女友倩雪，突然問道：「倩兒，妳想不想知道，什麼是幸福？」

「只要是女人，恐怕都想知道吧。」她紅著臉小聲答道。

「妳也想知道？」

「嗯。」

「妳確定妳真的很想知道？」

「嗯。」

「好吧。」楊康從衣服口袋裡掏出一個精美的紅色小盒子，眼睛一眨不眨地望著她，淡然道：「打開它，妳就會得到幸福。」

似乎預感到了什麼，倩雪雙手顫抖著接過盒子。

她輕輕打開，裡邊靜靜地躺著一枚精美小巧的鑽石戒指。晶瑩剔透的光芒，有如實質般映入眼簾，刺得人眼睛酸酸的，酸得情不自禁流下了眼淚。

「我很沒用，花光了積蓄，也只能為妳買零點五克拉的鑽戒。」

「但是我希望，妳就如同這零點五克拉一樣，永遠永遠都是我生命中的一半。至死不渝！」楊康拉過王倩雪的雙手，緊緊握在手心裡，柔聲問：「倩兒，妳願意嫁給我嗎？」

「嗯。」倩雪抹著流個不停的淚水，使勁地點頭。她的嗓子哽咽，心臟不爭氣地「怦怦」狂跳，只覺得幸福得飛上了雲端。

「妳真的願意？以後也絕對不會後悔？」

「嗯。」

「絕對絕對不後悔？」

「嗯。我願意，一千個願意，一萬個願意，絕對不後悔！」倩雪終於吃力地說出了一句話，眼淚更加止不住地湧了出來。

楊康又笑了，有生以來第一次笑得那麼燦爛。

原來所謂的「幸福」，並不是一種遙不可及的東西。至少在現在、在此刻，他就真真實實地感覺到，「幸福」那玩意兒就在身旁，就在自己伸手便可觸及的地方。

他聲音顫抖，不發達的淚腺，似乎也蠢蠢欲動起來，想哭，興奮得想叫。

哽咽著，他深深地吸了一口氣，高聲宣布道：「王倩雪小姐，從今天開始，妳就是我楊康的妻子了！」

□

妻子死了！沒想到才嫁給自己，她就死了！

打開瓦斯，吞下一大把安眠藥，再狠狠地將左手腕的動脈割開，任鮮紅的血液沁濕床單。楊康強迫自己用嘴角擠出一個苦澀的笑容，然後以一種十分舒適的方式，躺到了床上。

一個多月前，妻子死了……自己一生最愛的女人，竟然就那樣死了。丟下了他孤獨地留在這個世界上。不甘心！為什麼她不帶自己一起去？

楊康在妻子下葬的那天，將她生前使用的手機扔在了墳墓裡，然後呆呆地把自己反鎖在家中。

他蜷縮在床上什麼也不做，只是一個勁兒地發愣，一遍又一遍地回憶著妻子的一切。

終於有一天，他發現自己再也無法忍受沒有倩兒的日子。他害怕陽光，害怕夜晚的來臨，害怕失去戀人後無盡的痛苦和寂寞。

所以，他寧願選擇死亡。

一切都準備好了，只需要閉上眼睛，就可以完全結束了吧！從此以後，就再也不需要忍受生不如死的煎熬，再也不必恐懼夜幕降臨後，會回憶起和她的點點滴滴了。

手機響了起來，是誰這麼不識相？算了，再接最後一通電話吧。

楊康吃力地用右手將手機拿了起來。聽聲音，應該是歐陽律。

「阿康，你沒事吧？」他的聲音還是那麼粗糙生硬，十分富有民族特色。

楊康疲倦地笑了笑，淡然道：「我沒事。」

「那晚上有空嗎？到我家來喝酒，怡茹今天買了很多菜，就我們兩個根本吃不完。」

「不了，晚上我要去一個地方。」

「去哪兒？」歐陽律突然感覺到了什麼，不安地問。

「很遠的地方，那個地方，我也十分陌生。」

「阿康，你、你小子不會正在做什麼傻事吧？」不安感更加濃烈了，歐陽律慌忙嚷嚷道：「嫂子的事情，大家都很遺憾，但是，她畢竟已經走了，不在了。她不可能再陪你度過以後的人生，阿康，醒醒吧。

「過去的事情，就將它早點忘掉，人，還是要活下去的。不管活得有多辛苦，也要活下去，代替所愛的人，將所愛的人的那一份，一起活下去。」

「對不起，我做不到，也忘不掉。」楊康聲音在顫抖，他抽泣著用一種近乎神經質的音調說道：「小律，你們知不知道，其實人死了，也一樣可以在一起。

「只要在那個你喜歡的人的七七之日，在同樣的地方，用同一種方法死掉，那麼，兩個人就可以生生世世都在一起，永遠也不用分離了。」

「你這隻豬，你到底在幹什麼？」歐陽律焦急地在電話的另一邊吼叫著。

楊康沒有管他，用力按下了關機鍵。

世界突然變得模糊起來，頭暈沉沉的，或許死亡，並沒有想像中那麼可怕吧。

他吃力地望向客廳，視線中還隱約可以看見一張淡綠色的沙發。在那張沙發上，曾經有多少美好的回憶啊。

每天晚上，自己都會抱著倩兒，裹著一張薄薄的毯子，坐在沙發上看電視。只是她喜歡看的，自己都不太有興趣。

女人，真的是水做的，不然，為什麼會有那麼多眼淚？每次她被三流的連續劇裡三流的煽情劇情，感動得熱淚四溢時，自己的肩膀都會遭殃。

她不但會用自己的衣服亂抹眼淚，抹完了，還會責怪自己是冷血動物，絲毫沒有同情心。

唉，也不想想，男人的淚腺原本就不太發達，更何況，哪個男人不都是一見到三流的連續劇，就會變得神經呆滯，大腦自動轉換為睡眠模式。

要男人莫名其妙地陪著她流眼淚？恐怕，沒有幾個能做到吧。

可是，從今以後，再也沒有人嘮叨自己了。

她真的走了，不在了，再也沒有人會亂想一些莫名其妙的鬼點子，來騙自己了。再也不會有人挖空心思，佔了他一年的小便宜，然後才在耶誕節時，送給他一份意外的驚喜了。

同樣，再也不會有人貪圖那些附贈的小禮品，而常常送他一些貴又不實用的東西了……

倩兒，已經死了，不能再陪自己了。不過沒關係，真的沒關係。楊康努力地張大眼睛，視線越來越模糊，大腦像灌入了漿糊一般，變得十分沉重。

他抬起頭，深吸了口氣，喃喃道：「倩兒，等等我，我就快來了。」

突然，手機又響了起來，聲音是那麼地急促。楊康下意識地將它握到了手中，正要按下接聽鍵的一剎那，已經不靈光的大腦，猛然傳遞出了一個訊息。

剛才，自己不是已經將手機電源關掉了嗎？怎麼可能還有電話能打進來？

他迷惑地看了一眼手機螢幕，突然歇斯底里地笑起來。那個號碼，是自己扔在倩兒墳墓裡的手機。是她回來了，是她來接自己了。

楊康只感到自己激動的大腦，幾乎停止了思考。他的嗓子開始乾澀，不由自主地叫道：「老婆？」

「我回來了……」妻子的聲音，寒冷得就如嚴冬的寒冰。

「老婆，妳回來了？」

「嗯，老公，我回來了……」

□

沉默，我沒有再講下去。

「後來呢？」許睫忍不住問道。

「沒有後來了。以後的事情，我也不太清楚。」我笑著，那個事件，確實有個很長的後續，而且引出了許多更加怪異莫名的事情，不過，這又是另一個故事了。

看看錶，剛好三分半鐘。我深呼吸一口氣，伸出手指，按在了老舊的碟子上。

「我是夜不語，碟仙，哼哈，你就出來讓我們看看吧！」

風猛然間刮得更劇烈，有一種刺骨的寒意，沒有預兆地從心底冒了起來！

第十章 混亂

我這最後一個人加入了遊戲，碟子依然沒有動。

亂葬崗上靜悄悄的，六人之間像是突然間產生了一種默契。大家相互沒有說話，只是望著碟子，許久。

「切。」徐匯首先縮回了手，「什麼都沒發生，喂，我是不是可以走了？」

我猛地望著他，臉色瞬間變得煞白，「誰叫你收回手的，碟仙還沒送回去！」

「不是根本就沒有請來嗎？」他嘲笑地望著我。

我眼睛一眨不眨地回看他，嘴角帶著一絲苦澀，「有沒有請來我不知道，但是，你不覺得很奇怪嗎？」

「哪裡奇怪了。」他冷哼了一聲。

「你們都不覺得奇怪嗎？」我的視線從所有人身上逐一滑過。

「好像，確實有不對的地方。」許睫像是想起了什麼，臉色也變得蒼白起來，她的嘴唇在發抖，「碟子完全都沒有動！」

「小睫，碟子沒動，就證明沒請來，有什麼值得大驚小怪的。」張穎雪看了她一眼。

「不對，我以前也玩過碟仙。」許睫用力地搖頭，肯定地說：「但是這次的情況，特別奇怪。碟子紋絲不動，應該是不可能的！」

「沒錯，確實很不尋常。」我思忖了一下，解釋道：「其實請碟仙，撇開心理因素外，之所以它會動，有極大的可能性，是出於槓桿原理。

「當某一點受力面積不均勻的時候，碟子就會朝著受力較小的地方移動。」

「那就說明了，我們用的力氣剛剛好。」徐匯看著碟子，說得漫不經心。

「但現在我們坐的位置，不可能達到剛剛好的效果。三分半鐘的肌肉疲倦時間，也可以說明，碟子原本應該動的。」我示意他望向對面。

徐匯抬起頭，臉色霎時也白了。只見我們四個男性呈弧線坐在一起，而剩下的兩個女生，坐在正對出口的方向。

「你也明白了吧。」我用力吞下口唾沫，聲音緊張得沙啞起來，「女孩子天生力氣就比男生小。我們男生都坐在了一起，就算一開始的時候，大家用的力氣是一樣的，可是三分半鐘以後，肌肉開始麻木疲倦，使用的力氣，會斷斷續續地呈現不穩定狀態。

「你以為，碟子還能保持一動不動的情況嗎？照我的判斷，它應該會朝著出口方向移動才對。」

「哼，原來你一開始，就想要騙人了。」張穎雪瞪著我，挖苦道。

「不過是場遊戲罷了，大家開心就好，這種遊戲，本來就需要一個人來扮黑臉啊。不然還怎麼玩？」我的語氣略微有些尷尬，「現在最重要的是，恐怕遊戲，成真了！」

「你的意思是，我們把那東西請來了？」一直沉默的周超凡猛然抬起頭。

「恐怕是。」許睫的臉色變得很難看，「上次我玩碟仙的時候，花了三十分鐘才覺得手指一動，好像有人在推，然後感覺越來越強，最後碟子就動起來了。

「可是我們問什麼，它都有答啊，根本就不像現在的情況。」

「我也有聽說過。」周壘這位小學語文教師也開口了，「碟仙請來後，會在每個人面前稍稍停一會，然後，便在所有的文字上走一遍，最後轉圈圈時，便可以問問題了。

「據說，只有兩千兩百歲以上的才是碟仙，而且碟仙喜歡人家稱讚，它絕對不會說自己像誰！」

「對，這我知道。」許睫輕咬嘴唇，「不是碟仙的東西，不會看字，會呆呆地停在某人身前。據說，因為是被他吸引來的。也不會動，只是讓碟子死死地待在原來的位置。」

「老天！那我們現在請來的，究竟是什麼東西？！」周超凡緊張兮兮地喘著粗氣。

所有人都打了個冷顫。

「靠！老子不玩了！」徐匯猛地站起來，狠狠地一腳踢在碟子上，將它踢得遠遠的，「老子要回家。」

「可是，還沒有把碟仙送回去。」許睫吃驚地喊道。

「沒用了。」我將手搭在她的肩膀上，「已經送不回去了。」

「那我們怎麼辦，會死的！」她急得差點哭了出來。

「哪有那麼倒楣。」我沉聲說：「碟子不動，應該只是巧合而已。不要想太多了，請碟仙不過是個遊戲。」

「但是──」

「沒有但是了。」我打斷了她，「我們都回家。只要大家小心我提到過的注意事項，就應該不會有問題。」

亂葬崗的風依然很大，蠟燭滴下了最後的燭淚，火苗掙扎了一下，最後才不甘心地熄滅了。

心裡沒來由地一陣煩躁，自己發起這場碟仙遊戲，究竟是不是做錯了？會不會還有什麼東西，是自己沒有考慮到的？

但是目的，似乎已經達到了……

□

遊戲結束後，又平靜地過了三天。

這三天發生了許多事情。我去看了張小喬的屍體，上邊果然有著熟悉的痕跡。

表哥懷疑是未知的病毒感染，通報衛生局，將所有近期去過那棟陰樓的人，都隔離檢查了一番，最後，卻什麼都沒有查出來。

然後，趙韻含找到了我家來。

「聽超凡講，你們在那個墳場，玩過召靈遊戲？」她眼神渙散地盯著身前的咖啡杯。

「對，妳那麼在意幹嘛？」我漫不經心地答。

「你還要不要命了！」她臉上少有地劃過一絲怒氣，「你知不知道，這樣會害死多少人？」

「不會有人死，那不過是一場遊戲罷了。」我搖頭，「遊戲本身有殺死人的能力嗎？」

「你還是沒有明白！」趙韻含深深地嘆了口氣，「算了，就算和你解釋，你這麼固執的人，也不會相信的。」

她用雙手捧起前邊的杯子，閉上眼睛默唸了一陣，然後將杯子遞給了我，囑咐道：「喝下去！」

「又是符水化骨的手段？」我好奇地看著她，「這個手法被妳用起來，好像有一種包治百病的感覺，不但能化骨、驅邪，還有什麼我不知道的用處嗎？」

「你不用管，快喝，如果你不想英年早逝的話。」她嗔怒道。

「切，開個玩笑也不行，小氣。我喝了……嗯，奇怪，怎麼味道怪怪的？」我一飲而盡，然後古怪地看了一眼手中的杯子。

這是我親手煮的咖啡，味道自己當然非常清楚，但是沒見她加什麼進去，味道卻變得五味雜陳，說不出來的複雜感覺。

難道，她剛剛隨便唸了幾句話，就可以改變物質？或者純粹是我的錯覺？

「活該。」見我喝下去，她的臉上才再次露出招牌式的溫柔笑容，看得人從心底感覺到愉悅，「就是因為你不信，才會有複雜的味道。

「符水化骨這個名字，雖然不知道是你從哪裡聽來的，不過我用的手法，倒是和它有點類似。」

「那妳的意思是，妳有超能力？」我瞪大了眼睛驚訝地問。

「哪有可能！」她笑得更燦爛了，「小女子不過是一個單純可愛的普通小市民罷了。」

「還小市民呢，怎麼我看不出來。」我小聲咕噥道。

「你說什麼？」趙韻含瞪著我，突然嘆了口氣，「其實有時候，我真不知道你是怎麼想的，究竟你為什麼要去玩那種碟仙遊戲，你知不知道有多危險？」

「奇怪，妳的語氣怎麼像認識了我幾十年一般？我們很熟嗎？」我回望她。

「親愛的，你是我未來的老公，有這層關係，你說我們應不應該熟？我關心你，可是單純地在當作對未來的風險投資哦。」她甜甜地說著，臉上沒有一絲普通小女生的尷尬害羞，就像在說一件十分理所當然的事，我頓時什麼話也說不出口了。

「知道什麼是《地獄辭典》嗎？」整理了一下思路，我才沉聲問道。

「很耳熟，好像聽過。」她明顯地跟不上我的節奏，愣了下，苦惱地想著。

我笑了笑，解釋道：「《地獄辭典》是一八一八年，法國記者西蒙．科蘭以科蘭．戴．布蘭西的筆名撰寫的一本書。這在很大程度上，勾起了當時人們對惡魔迷信的興趣。

「科蘭並不是惡魔學家，而且他在該領域，也並沒有很深的造詣，但這個人相當博學，並且受到中世紀惡魔學家約翰．威爾的影響，所以，也不能說他完全是個門外漢。

「科蘭以半吊子的知識所書寫的《地獄辭典》，繼承了威爾的理論，為地獄描述出和人間相似的行政結構，惡魔們各司其職，甚至還有搞笑般的駐各國惡魔大使。很多學者指責《地獄辭典》低級庸俗、胡編亂造、是擾亂惡魔學的糟糕作品。

「但是，仔細地想想，那些所謂正統的魔法書，哪個不是胡編亂造的產物呢？也正因為作者發揮了自己的想像力，貫注文中，所以該書雖然沒有什麼文獻性、但是讀來相當有趣，簡直可以稱為西方的山海經。

「這本書中，也穿插了一些作者對當時社會的看法，比如地獄帝國派駐到英國的大使，竟然是代表『貪婪』的大惡魔莫蒙——這無疑是對英國商業主義的諷刺。

「《地獄辭典》關於惡魔的解說，基本上是按照威爾的理論進行。而到了一八六三年發行第六版時，加入了五百五十幅彩色木版插畫，插畫是由畫家M．L．布林頓創作——此公對惡魔學和術士的那套理論一竅不通，這些惡魔的形象，完全按照一些傳說的描述或他自己的想像，來進行創作。

「這些表現力和視覺效果極強的插畫，對近現代的惡魔傳說文化，起到了深遠的影響，甚至很多神魔影片的惡魔造型，都是來自《地獄辭典》的這些插圖。

「其實，這場碟仙遊戲，我將一切都考慮進去了，每個人的位置、有可能參加的人、所有的道具，和期間會發生的偶然或者必然的事項。事實上，現實也的確跟著我的計畫走了。」

「你的意思是，這一切，全都是你一個人自編、自導、自演的戲而已？」趙韻含似乎明白了什麼，她望著我的眼睛充滿了迷惑，「你究竟為什麼要這麼做？」

「這麼做，當然有我的理由。畢竟那棟樓裡發生的事情，太匪夷所思了。」我站起來，俯視她，「但我堅信，存在就有它的合理性。

「既然事情會發生在那棟樓的住戶身上，那麼就一定應該有起因，恐怕，這場精心策劃的遊戲，就快要發揮它的作用了！」

就在這時，門鈴，響了起來。

□

來的是周超凡。

一進門，他就結結巴巴地緊張道：「小夜，出事了。我聯絡不到小匯。」

「不要慌，慢慢來。先坐下把氣理順暢，誰是小匯？」我按著他的肩膀，強迫他坐下。

「徐匯啊，徐舜鴻的弟弟。三天前和我們玩碟仙的那一個。」

「是他？他怎麼了？」

「我也不知道！昨天他還打電話給我，說他好怕，總覺得背上有什麼東西壓著，沉沉地，就連移動都有困難，然後，突然電話就斷掉了。」

「那你為什麼不當時就去找他？」我皺了下眉頭。

「我、我怕。」他低下了頭。

「所以，你一大早就來找我？」

「對啊，小夜你的辦法多，我實在不知道該怎麼做。」

「那許睫和張穎雪，能聯絡上嗎？」

「我打過電話了，都沒問題。」

我和趙韻含對望一眼，沉聲道：「再打電話給她們，就說兩個小時後，在徐匯家大門口集合。」

「那我們呢？現在該怎麼做！」

「我們現在立刻趕去柳條鎮！」

心裡依然有一種不安感，自己幾乎考慮到了一切，但是，有沒有什麼東西，被不小心漏掉了呢？

□

兩個小時後，我、趙韻含、許睫、周壘、張穎雪和周超凡，準時地集合在了一起。

「有誰知道徐匯最後去過的地方？」我首先問道。

「他應該待在家裡。」許睫回憶，「小匯從那次玩了碟仙後，就一直請假，到現在都還沒去上課。

「昨天和我通電話的時候，還說他父母都去出差了，現在留下他自己一個人，待在家裡無聊地看 DVD。」

「也就是說，不出意外，他應該還在家裡？」我再次確認。

「但是，他家的電話沒人接。」張穎雪皺眉，她的臉色也不算好。

「不管了，先敲門看有沒有人再說。」我煩惱得用力揮動手臂，向徐匯家的大門走去。

許睫眼睛尖，突然指著門的方向，驚訝地喊著：「他家的門好像沒關好！」

我們順著她的視線望過去，果然看到大門被虛掩著，如果不仔細看，根本看不出來。

「進去。」我走上去，就要推開門。

周壘連忙阻止我，「這算不算私闖民宅，根本是犯罪吧！」

「管不了那麼多了，萬一他有事怎麼辦？」張穎雪這女孩一把推開他，順勢將門踢開。

頓時，所有人都呆住了。

視線能夠觸及的地方是道走廊，不長，但是很雜亂，鞋櫃橫在中央，像是有人故意推倒的，裡邊的各種鞋子，散亂地扔在四處，不知道發生過什麼事。

鞋櫃下邊，似乎還壓著什麼東西。不對，是個人！一個年輕的男人。

他大張著眼睛，眼神中透露著一種莫名的恐懼和絕望。他的手用力向門的地方伸著，可是他的時間，卻永遠停留在了離開門只有不到半公尺的距離。

是徐匯！

我第一個從震驚中清醒過來，什麼話都沒有說，只是蹲下身，檢查屍體。按住手腕的脈搏，察看瞳孔，然後，將所有人都趕出了房間。

「他死了！」我語氣沮喪地說：「具體的死因不明，但是，鞋櫃絕對不是兇器。那種重量，還不足以致死。」

眾人互相對望，沉默了好一會兒，許睫才聲音顫抖地說：「會不會是因為那個遊戲？」

她不但聲音，甚至身體也在抖個不停，這位看起來溫柔陽光的短髮女孩，眼神裡卻寫滿了恐懼。

「沒錯，下一個死的，會不會是我？」張穎雪連嘴唇都在哆嗦。

「不可能，他的死，應該是偶然才對。」我不置可否，拿起手機一邊撥打一邊說：「現在最重要的是報警，所有的事情，都交給警方處理。」

「這些東西，不是我們胡亂猜測，就會有結果的！」

「管他什麼結果。我們會不會死？會不會？」張穎雪歇斯底里地大吼，用一種仇視的眼神盯住我，「都怪你，是你讓我們玩這個遊戲的。如果我死了，作鬼都不會放過你！」

「都說了，這只是巧合。」原本就很煩躁的心，更加地煩躁了，我也吼道。

「什麼巧合！你們看到了嗎？」張穎雪古怪地笑著，哈哈大笑，笑得眼淚都快出來了，「巧合會讓一個人臨死時，產生那種表情？

「你看徐匯最後的表情，就好像是看到了什麼讓他的大腦恐懼到無法負荷的東西——」

「不要再說了！」我不客氣地打斷了她，「你們現在各自回家。我留下來，等警方到了後做筆錄。」

看了一眼在身旁發呆，神情木然不知在想什麼的周超凡，我道：「你跟著你堂哥回去，多陪陪他。」

他抬頭望了我一眼，身體哆嗦著，語氣更加結巴了，「小匯怎麼可能死？他怎麼就這樣死掉了！」

「誰知道呢？」我嘆了口氣，心情十分沉重，「或許這個世界上，確實有些我們所不知道的東西吧。」

抬頭望天，蔚藍色的碧空一望無際，沒有任何白雲，只有和煦的陽光和舒服的顏色。

可惜，這美麗的一切，都已經被人類玷污了……

第十一章 揭密

夜，又是一個沒有星星、月亮，暗無天日的沉重黑夜。

亂葬崗。

風依然很大，雖然並不清楚這裡的風，究竟是從哪裡吹來的。

一個單薄矮小的身影左右看了看，確定沒人後，這才悄無聲息地搬動身前的一座墓碑。等他將其移開，居然露出了個可容一個人勉強出入的洞口。

那個人再次確認沒人看到後，這才鑽了進去。

通過狹窄彎曲的洞穴走廊，過了大概一分多鐘，才來到個大約有二十多平方公尺的隱密石室裡。他在石室中央點起蠟燭。

燭光幽幽的，不亮，卻閃爍著青綠色的詭異光芒。那人站到正中央的石台前，然後擺弄著身前的東西。

過了許久，他才滿意地笑了。那笑容異常地殘忍和開心，就像即將要做什麼賞心悅目的事情一般。

就在這時，好幾束手電筒的光芒，射在了他的臉上。猛地接觸到強光，瞳孔收縮，他立刻用手遮住了眼睛，身體也因為震驚而微微抖了一下。

「哼，果然是你。」一個聲音從出口的位置響了起來。

「你們想要幹嘛？」那人的聲音結巴著，他抬頭，從來人的身上，一個一個地流覽過去，猛地渾身又是一陣，驚訝地叫出聲來，「你怎麼沒有死？」

「看到我沒有死，怎麼你一副很驚訝的樣子！」徐匯得意地衝那人說道：「我的演技很好吧。」

「什麼啊，我演得也不錯。當然，穎雪也是可圈可點的！」許睫不分場合地興奮搶功。

「屁，那時候，你們誰都不知道我在演戲！不然又怎麼會騙得了他呢！」徐匯嘿嘿笑著，眼神卻冰冷地望向那個人，「我們幾個究竟哪裡得罪你了，為什麼你想要我們死？」

「小匯，你在說什麼？我怎麼會想你們死呢。你們是我最好的朋友！」那人結巴得更嚴重了。

「朋友？你真的當我們是朋友嗎？」我向他走了過去，「那棟樓的事情，全是你搞出來的吧？雖然不太清楚你用的是什麼方法，不過，應該和這個石室有關係。」

隨意打量著這個石室。這個不大的空間，似乎存在已經有十多年歲月了，應該和這個亂葬崗是同個時間。

石室正中央，有個半人高的石臺，上邊擺了許多我叫不出名字的古怪東西。雖然不認識，不過卻讓我的背脊，感到了陣陣的寒意。

「這些都是什麼東西？」我上前，想拿起一件仔細地觀察，卻被那人猛地推開了。

「不要碰，它們都是我的，統統全是我的寶貝！」他緊張地將那些東西擁在懷裡，眼神狠狠地盯著我，那種惡毒的視線，讓我全身都起了一層雞皮疙瘩。

周壘木然地癱倒下去，他無力地坐在地上，喃喃問道：「為什麼？為什麼你就連我都想要殺掉？」

我滿是同情地輕輕拍了拍他的肩膀，對那人道：「怎麼，我們都追到這裡了，你還不想承認嗎？周超凡！」

周超凡望著我，聲音也不再緊張兮兮地犯結巴了，只是冷冷地說：「動機呢？我沒有任何動機！」

「你有。」我在他的視線中感覺非常不舒服，又不願意示弱地回瞪他，「知道什麼是人格障礙嗎？」

見所有人都迷惑不解，不明白我提到這個專有名詞，到底有什麼目的，我這才解釋道：「所謂的人格障礙，意思就是有些人的人格特徵，有顯著偏離正常的問題，這是種心理病態，患有這種病的人，他人格特徵的偏離，使得他形成了特有的行為模式，並且會對環境適應不良。

「人格障礙可分為偏執型、分裂型、反社會型、衝動型、表演型、強迫型等。他們會因為許多不經意的小事而記仇，這些小事，會在腦海裡無限地擴大，到達他再也無法忍受的程度。

「那時候，他的大腦會做出錯誤的判斷，認為不毀滅對方，自己就會被對方殺掉。最後害人害己，這樣的病例造成的社會悲劇，數不勝數。」

微微頓了一下，我又道：「周超凡，你就患有這種病！」

周超凡冷靜地反駁道：「你有什麼證據？」

「現在沒有。」我冷笑，「不過如果需要，我倒是可以找你的心理醫生，要你的病歷資料。當然，和你關係最好的堂哥，似乎也可以證明吧。」

我指了指周壘。周超凡望著那個眼神渙散的堂哥，突然笑了起來，笑聲中充滿了怨毒。

「沒錯，那棟樓裡的事情，都是我搞的鬼。」他哈哈大笑著，毒辣地看向我，「你知不知道，從小，我就是個很不起眼的人，受人欺負，被人排擠。

「我盡量地偽裝自己，把自己嚴嚴實實地包在蝸牛殼中，不論怎樣都不把頭伸出來，和這個世界接觸。我以為這樣，自己就不會再受到傷害。沒想到，我被傷得更深了！」

「你！還有妳！」周超凡指著徐匯和張穎雪，吼著：「國中的時候，你們是怎麼欺負我的？我就連回憶也不敢，說！你們該不該死？該不該！」

兩人在他的眼神逼視下，同時低下了頭，不知道是因為羞愧，還是因為害怕。

「那我呢？我從來就沒有欺負過你，為什麼你也想害我？」許睫氣得臉色發青。

「妳更該死！」他瞪著她，「妳明明知道我喜歡妳，還主動和我說話聊天，還闖進我的世界裡。我寫了情書給妳，妳居然把它貼在了校園的佈告欄上。

「我被所有人嘲笑，說我癩蛤蟆想吃天鵝肉，我痛苦地走到樓頂，想跳下去死了算了，可是我還是沒膽子。我要報仇！」

「哥……嘿嘿，你知道，我為什麼恨你嗎？」周超凡嘴角咧開一絲詭異的笑，「我真的好恨你。你又笨又蠢，為什麼還有人要和你玩？為什麼你居然會有那麼多朋友？

「我恨你，一定是你在我身旁，把我所有的朋友都搶走，我恨你，恨不得你死掉！」

他怨毒地大笑著，周壘卻絲毫沒有反應，似乎已經痛苦得暈了過去。

周超凡再次望向我，「老天總算有眼，讓我偶然間發現了這個地方。當一個默默無名的人，突然發現自己可以主宰人的生死的時候，一切都變得有趣起來。

「真的很有意思，只要我想誰死，誰就一定會死，我的人生也變得有價值起來。討厭的人，我要他們統統都消失！」

他的笑容扭曲起來，「夜不語，你是從什麼時候開始懷疑我的？」

「我懷疑你，也是很偶然的。」我沉聲道：「先從一開始講起吧。趙韻含不知從哪裡聽到了那棟陰樓裡發生的種種事情，然後跑來問你。你害怕事情敗露，就假意尋求我的幫助，事實上，你根本就不信我有解開謎團的能力，而我確實不可能解開。

「但是，在調查你堂哥的時候，由於資料夠詳細，我偶然發現，你居然患有人格障礙。原本這場召靈遊戲，是用來打趙韻含主意的，她常常一副神秘兮兮的樣子，我覺得，或許她和這些事件，應該有什麼關聯，最少，也應該知道些我不清楚的內幕。

「但是，我知道你有人格障礙後，再想起你對自己的堂哥無微不至的關心，就臨時改變了主意。我直覺地認為，你應該和那棟樓裡的事情有關聯，於是自編、自導、自演了一場遊戲。然後和徐匯串通好，要他裝死。

「這也是為什麼，我會先去檢查他的屍體，然後把你們都趕出去的原因。只要不細看，你應該發現不了這是騙局。」

「原來你把我們都騙了。」趙韻含輕柔地問：「但是費盡心機，你到底想做什麼？」

「目的很簡單，而且也成功了！」我笑，「一般人格障礙其中有個特徵是，越是痛恨的人，越是關心。從許多案例證明這些患者殺人，都是按照自己痛恨的順序謀殺的。先是最恨的人，然後是比較恨的。恨意在他們的大腦裡滋長，然後毀滅他人，或者自我毀滅。

「我相信，如果這些事件和周超凡有關，那麼在他的心中，應該有個順序。不管怎麼看，徐匯都不應該是下一個。

「玩那個遊戲，只不過是為了看看，你還有誰想害死罷了。如果突然有個不應該現在死的人死了，兇手自然會心急，以為自己的方法出了什麼問題！」

我望向周超凡，「記得你還要我詳細地解釋，關於降頭術及蠱的種類、方法以及注意事項吧？當時我就有些奇怪，為什麼你會對這些產生那麼濃厚的興趣，於是下意識地在話裡設下了陷阱。

「就是這個讓你產生了壓力，你從我這裡了解到，這些法術的東西是不能亂來的，一不小心就會反噬。你怕死！就一定會回來看看出了什麼問題，結果真的被我猜中了！」

夜不語，你真的很聰明。我的計畫裡，每個人都站對了位置，只有你！

「為什麼你就不能好好地當你的悲劇角色，等待死亡呢？」周超凡的聲音依舊冷冰冰的，但表情卻顯得十分惱怒，似乎恨不得一口吞掉我。

「這些東西，應該是蠱或者降頭術的其中一種吧。」我淡然道：「有個問題。為什麼要害張宇、徐舜鴻和張小喬？

「他們根本就不認識你，更談不上得罪過你了，他們都是無辜的！」

「這世界上，沒有什麼無辜的人。他們只不過運氣不好，變成了我的實驗品罷了。夜不語，你以為，你就很乾淨了嗎？」他恨恨地說：「你這傢伙，根本就不顧別人的感受和死活，不論什麼事情，都是固執任性地想做就做。

「你說我人格有障礙，難道，你就沒有嗎？恐怕你的心理，比我更畸形。」

他的視線讓我頭皮發麻，心裡沒來由地一陣陣恐懼。

「不過，也管不了那麼多了。」周超凡又笑了起來，越笑越陰森，「你們都受到了我的詛咒，你們知不知道，你們就快死了！」

「超凡！停手吧，快要死的是你。」一直沉默著的趙韻含，語氣中帶著一種悲哀的音調，「不信，你把外衣脫下來，看看自己身上，你已經被反噬了。

「這種邪門的東西，不是外行人能夠操控的！」

周超凡渾身一顫，緊張地將袖子拉起來。只見一個個暗紅色像是臃腫的手掌狀的痕跡，擠滿了皮膚，它們像是蠕蟲一般地蠕動著，噁心至極！

「怎麼會這樣！這些是什麼？怎麼了！我怎麼了！」他恐懼地將外套撕扯下來。

不光是他的手臂，只要是皮膚上，都有那種噁心的痕跡，那一道道似乎是催命符的東西，如同刺青似的，還在不斷地繁衍、增加。

「快把你手裡的東西砸掉，不然你會死的！」趙韻含急忙大喊。

「我不要！除了這些，我就什麼都沒了。」他吼著，將手裡的東西死死地抱住。

突然，周超凡的呼吸急促起來，他瞪大了眼睛，死死地望著我們身後，神情裡流露著莫名的恐懼。

呼吸越來越急促，他的喘息聲，大到整個石室都在刺耳地迴盪。

猛地，他的手一鬆，倒在了地上。眼睛，依然沒有閉上，只是恐懼而無助地伸手，想要將散亂掉落的那些古怪東西撿起來。

他拚命地伸出手，可是怎麼也搆不到，嗓子裡只能發出「咯咯」的痛苦求助聲。我不忍心地將東西撿起來，塞進了他懷裡。

這一剎那，他笑了，有生以來笑得最開心的一次。帶著這份甜美的微笑，他的時間，永遠停止了……

「他死了。」趙韻含憐憫地嘆了口氣。

「那我們怎麼辦？他倒是死了，可是我們身上，不是有詛咒嗎？我們真的會死。」徐匯依然臉色煞白，急道。

趙韻含鄙夷地看了他一眼，淡然道：「放心，他死了，下的咒也就自然解除了。你們都不會有事的。」

「這個世界，誰又是乾淨的呢？」我望著石臺苦笑，「周超凡的人生確實是個悲劇。

「沒有人天生就會有人格障礙，只是周圍對他的影響，以及他的自閉，讓他沒有辦法和其他人相處。他真的太傻了。」

這個傻瓜有一句話，卻是對的。

這個世界，真的沒有乾淨的人，每個人，都多多少少患有人格障礙。只要在適當的情況刺激下，就會顯露出來。這樣的人，恐怕比他更加地恐怖吧……

尾聲

趙韻含沒有跟任何人打招呼，就轉學走掉了。

她的秘密，對我而言，成了一個永遠的謎。

為什麼她會知道那麼多東西？為什麼她會出現？那個亂葬崗的石室，是不是也和她有某種關聯？

還有，那個神秘的符水化骨方法。

這些，我統統都沒有來得及去問，這個吵著要當我老婆的人。

接下來的時間，一切慢慢地平靜了，沒有顛簸起伏的事件，徐露和沈科也重歸於好。問他們，他倆卻怎麼樣也不肯告訴我。

每當看到徐露一副小女人般的幸福模樣，我就心裡癢癢的，想要去調查個一清二楚。

陰樓在那個事件後，就再也沒辦法租出去了，屋主只好拆掉它，準備在原地蓋一座大型購物中心。

據說，亂葬崗也有計畫要遷走。只是這一遷移，世間又不知道會多了多少孤魂。

平靜地過了一段時間的安穩日子，某一天，表哥夜峰突然打來電話。

「小夜，你認識徐匯、張穎雪和許睫這三個人嗎？我在他們的聯絡薄裡，都發現了你的電話號碼。」

「我認識，怎麼了？」心裡，微微蕩漾開一絲不安的感覺。

「他們三個在昨天夜裡十點左右，死在了家裡……」

The End

番外・同學會（下）

1

時間這條河流並不準確，往往會有出錯的時候，只是出錯時，人類，根本無法察覺。比如平行線，既然人在時間的流水中水波蕩漾，那麼除非跳出去，否則永遠也看不到另一根即使到了世界盡頭都交集不到一起的線，究竟長什麼模樣，是不是和自己身處的線一模一樣。

周陽和孫輝現在就滿嘴苦澀，覺得自己走錯了時間線。明明剛才還在酒店裡，怎麼突然之間，兩人居然陷入了莫名其妙的另一個地方。

眼前的一切，陌生卻又熟悉。昏暗的景物，刺激著他們腦海深處鋪滿塵灰的記憶。這裡居然跟記憶裡的小學社團活動室沒兩樣，就連孫輝當初藏起來的所有的小東西都在。他幾乎懷疑自己是不是在作夢？

「把門打開看看，說不定能出去。」周陽一眨不眨地看著活動室的門，灰暗的燈光充斥在房間的每個角落，將一切都染上了一層血紅。他沒有一絲一毫的安全感。他現在只想回家。

「也對。」孫輝慌忙跑到門前，緩緩將門拉開。活動室門隨著一聲難聽的響聲，敞開，露出了門外的景象。

周陽和孫輝立刻探頭朝外望去，頓時，兩人同時驚呆了！

「這、這是怎麼回事？」孫輝看著眼前的空間，腦袋轉不過彎來，他只感覺自己全身都在發寒。

「我、我也不清楚。」周陽緩緩動彈了一下自己僵硬的胳膊，用力打了自己一巴掌。

只見眼前，已經不再是另一個一模一樣的活動室了。可也沒有值得高興的地方，因為外邊赫然是小時候的學校宿舍。空蕩蕩的破舊走廊，透過昏黃的玻璃，甚至能看到布滿土坑的操場和操場後方那一棵棵高大的古樹。

這些樹據說有千年的樹齡，幾個人合抱都無法抱攏。小時候的他們，社團活動的時候就喜歡在樹叢裡捉迷藏。

「說起來，不知道自己是不是刻意忘了。最近自己身上也發生過古怪的事。」孫輝揉了揉眼睛，就斜倚著門框，看著門外的景象發呆了許久。然後才緩緩道：「有時會夢到將來的事，當時並不知道，可到後來發生了，才想起那個夢來，覺得很有印象。如果是夜不語的話，肯定會說那是既視感。不過我的夢，最近開始變得古怪起來。想想時間，差不多正是徐正死亡前後。」

周陽顯然也搞不清楚眼前的狀況，索性不再胡思亂想，也沒有探索外界的欲望。跟孫輝一樣動彈不得，問著：「你夢到了什麼？」

「六年級的時候，我們十一人組成的那個社團，其實幹過許多蠢事。還有一段記憶，大家都集體莫名其妙遺忘掉了。」孫輝皺著眉頭，欲言又止，「我覺得那個夢，可能和遺忘掉的那些東西有關。」

周陽沉默了片刻，他知道身旁的傢伙藏不住話。

果然，沒多久孫輝就忍不住自顧自地說了出來：「你知道，我家在隔壁鎮。所以三年級開始我就住校。」

「沒錯，我們的家都在眸眼鎮周邊，記得社團裡的十一個人，有十個住校呢。」周陽眨了眨眼，回憶道：「除了我。我家就離學校不遠。但是小學畢業後，家人就搬走了。有一次老媽說了一句令自己百思不得其解的話。她說是因為我的強烈要求，才搬家的。可我完全記不得了。」

「古怪的事情多著呢。我們住校生經常翻牆去學校外邊吃小吃，養活了一大堆小吃攤。那些小吃攤晚上十一點都不肯收攤呢。」孫輝突然發現自己的話偏離了話題，連忙使勁兒搖搖頭，拉了回來，「扯遠了。繼續說說那件怪事，有一次，聽朋友說原來他們住的宿舍那兒，都是女孩子一起去梳洗。

「現在回想起來，男女生宿舍其實挨得很近，同是一棟樓，中間被一層薄薄的木板隔開。三樓的木板有幾塊壞掉了，所以能夠掀開，穿到女生那邊去。當時流行一個很神秘的靈異遊戲，於是除了你外，我們社團剩下的十個人，窮極無聊的準備搞一個惡作劇。

「穆薇、趙瑩瑩、趙穎、周嫦四個女生裡應外合，在三樓偷偷接應我們。剩下的六個男生十點過後偷溜了過去。當時住宿條件並不算太好，每一層只有一間公廁，洗漱、洗衣服、上廁所全都在公廁中解決。公廁外層有一排自來水管，沒有鏡子。

「記得夜不語大力反對我們的行為，說會導致不可測因素。不過最後拗不過我們，還是因為好奇心，跟著一塊兒去了。」孫輝苦笑道。

「沒錯，夜不語一直都跟小大人似的。」周陽撇撇嘴，「之後呢？我怎麼都不記得那所謂的神秘靈異遊戲是什麼了？」

「那麼多年了，你不記得很正常。我是因為玩過，所以記憶深刻。」孫輝用雙手在空氣裡比劃著，「就是一種鏡子遊戲。說是在晚上十一點過的時候，在女廁所的鏡子裡會看到另一個世界。總之挺可怕的。小孩子就是喜歡神神怪怪的事情，於是我們便跑去玩。

「不過學校宿舍破舊又老套，就連鏡子也沒有一面。徐正就在活動室找了面五十多公分高的鏡子，放在洗漱臺上。我們點燃蠟燭，按照流程玩了一會兒。結果屁都沒有看到。都快要十二點了，於是決定放棄，各回各的寢室睡覺。

「畢竟是小學生，睡得早，舍監九點半就會查房。查了房以後也不會再管我們。不過正準備離開時，出了點狀況。有幾個女生大半夜的跑到廁所來洗衣服。我們六個男生加四個女生嚇了一大跳，連忙跑進廁所的隔間裡蹲下，躲起來，死死地捂住自己的嘴，一丁點的聲音都不敢發。

「被發現了，女生一告狀。肯定會告知家長，全校要是知道我們跑進女生宿舍，還在女廁所裡瞎胡鬧，我們男生也沒臉在學校裡見人了。

「整間廁所靜悄悄的，一片死寂。宿舍熄燈後，就連廁所也沒有電。大家都是拿著手電筒上洗手間。這時來了三個女孩，她們將手電筒放在水槽邊，嘩啦嘩啦地洗著盆子裡的衣服。花了十多分鐘才洗完。

「之後有個女孩洗手時，驚喜地叫道：『小梅、小麗，妳們看，學校總算大發慈悲，幫我們的廁所加了面鏡子。』

『不對吧，學校怎麼那麼吝嗇？鏡子那麼小，還是放上去的。』叫小麗的女孩用手電筒照了照鏡子，有些疑惑。

「我們這才發現，原來躲得急促，就連帶來的鏡子也沒來得及藏起來。

「叫小梅的女孩就著手電筒的光芒，理了理自己的頭髮，自戀道：『瞧瞧，鏡子裡那個美女是誰。哎呀，妳怎麼就長得一副閉月羞花的模樣。妳讓世間其她女人該怎麼活？』

『嘔！』旁邊兩個女孩紛紛發出誇張的嘔吐聲，嬉笑著打鬧成一團。

「昏暗的光芒瀰漫在廁所中，不知不覺，小麗突然摸了摸鏡子裡三人中，其中一人的頭髮，羨慕道：『小楊，妳的頭髮真長真漂亮，油亮滑順。留了很久吧？』

「小楊愣了愣：『小麗，妳犯傻啦。大家同學了三年，妳不知道我一直都是短髮嗎？』

「『對，對啊。』小麗全身一愣，『可鏡子裡，為什麼妳頭髮那麼長？』

「她的話音才落下，三個女孩同時感覺有些心底發寒。

「『妳在說什麼，小麗，妳又在嚇人了。』小梅聲音發抖的抱怨著。

「『我沒有嚇人，妳們自己看鏡子。』小麗打了個哆嗦。

「剩下的兩個女孩緩緩將頭轉了過去，當她們看到鏡子裡的情況時，全都嚇呆了。只見不止是小楊，就連小麗和小梅兩人，本來不到下巴長的頭髮，居然在鏡子裡全變長了。披肩的長髮輕輕地在暗淡的空間裡被風吹動，油亮，濃黑，美麗，可這一切都令三個女孩恐懼不已。

「這，到底是怎麼回事？

「小梅用乾澀的語氣，艱難地說：『妳們看，我們的腳跟，似乎沒有著地。』

「『看錯了吧，我們明明踩在地上。』小麗用力踩了踩地板，空蕩蕩的聲音立刻迴盪在這個偌大的廁所中。

「『我看，我看，我們還是快點回寢室吧。』小楊建議道。三個女孩尖叫幾聲，連洗好的衣服也沒來得及拿，瘋了一樣的跑了出去，逃掉了。

「我們十個人偷偷從廁所隔間出來，完全摸不著頭腦。再看鏡子，居然不知何時碎成了無數塊。大家都被三個女孩的話嚇得不輕，偷偷摸回了自己的臥室。」

「你們還幹過這種事？挺可怕的。」周陽聽得全身都在發冷。

「還有更可怕的事情。」孫輝舔了舔乾燥的嘴唇：「你還記得六年級時，有三個女孩從宿舍跳樓死掉的新聞嗎？」

「當然記得，當時鬧得很大，據說到現在都還不清楚那些女孩自殺的原因。」周陽點點頭。

「她們的名字叫做周麗、張梅和小楊。你現在明白，她們為什麼會死了吧？」孫輝又道。

周陽猛地指著他，結巴了很久，才艱難地道：「你說是你們玩的靈異遊戲，偶然害死了她們？」

「我猜測，或許是她們陰魂不散，來找我們報仇了。」孫輝不斷地苦笑著。

「不對啊，如果是那三個女孩的原因，關我什麼事，我又沒有參與。」周陽皺著眉，搖頭道：「可我，卻也陷入了這怪異的境地裡。」

恐怕事情沒那麼簡單，還有一些忘掉的資訊在作祟著。

周陽一邊想，一邊透過骯髒的黃色宿舍玻璃，朝操場上望去。最終下了個決定。

「走，我們在這久違的校園逛逛，說不定能找到答案呢。」說完，他不再猶豫，當先往外邁出了一步。

就這一步，景象再次變幻了。眼前出現古樹森森的粗壯樹木，以及一座開滿鮮花的荷花池。

還沒等他們欣賞風景，突然，一個女人的頭從水中浮出。女人的手舉起，手臂在空中化為了四條蚯蚓般的軟肉，扭曲的猛地向他們襲來……

夜不語愣愣地向後看去，卻什麼也沒有看到。他呆呆地伸出手去摸剛才被碰到的地方，只感覺全身一陣冰冷。厚厚的雞皮疙瘩冒在皮膚上，許久都沒有消失。

「你怎麼了？」穆薇問。

「沒什麼，可能產生了錯覺。」他搖搖頭，艱難地掙扎了一下。如墨的夜就在他收回手的瞬間恢復了原狀，日光從天空灑下，充斥車內，車裡的五人同時鬆了口氣。

「剛才是怎麼回事？」趙穎恐懼地問。

「鬼知道。」夜不語搖了搖脖子，他猶豫著不知道是不是該繼續行駛下去。

穆薇驚魂未定地摸著秀髮，眨了眨眼，「好可怕啊，突然什麼都看不到了。彷彿進了黑洞，光線全被吞噬得一乾二淨。」

「或許不是光消失了，而是有什麼蒙蔽了我們的眼睛。」夜不語冷哼了一聲。靈異現象出現得越來越頻繁，現在已經不是該猶豫的時刻，最重要的是盡快弄清楚，究竟是什麼東西隱藏在黑暗中，偷偷地置我們於死地。

當他踩下油門，恐怖的事情再次發生了。在車挪動的瞬間，整個世界一陣晃動，天翻地覆伴隨著劇烈的搖動，不停地折磨著車內的五人。

你妹的，車不知為何居然翻了。隨著「吱呀」的尖銳響聲，車似乎在以極快的速度與地面摩擦著，過了許久才緩緩停下來。

翻倒的汽車將車內的空間壓縮了，視線也上下顛倒。夜不語暈乎乎的，好不容易才睜開眼睛。感覺手臂上有個軟綿綿的觸感，竟然是穆薇豐滿的胸部壓在他胳膊上，夜不語這才發現，不知何時她已經解開了身上的安全帶。

「你沒事吧？」見夜不語驚恐的眼神，女孩將手探到他眼前，晃了晃。沐浴乳的馨香和淡淡香水味飄進鼻子裡，很好聞。穆薇的嘴唇就在近在咫尺之處，她看著夜不語的模樣，居然痴了。隔了半天才摸著他的臉，嬉笑道：「小夜，你頭朝下的模樣比正常時候更帥呢。」

夜不語沒理這個花痴，摸索著找到了安全帶的鎖孔，使勁兒地拔了拔，卻沒有拔出來。他立刻苦笑，「你妹的，卡住了。找把刀幫我將安全帶割斷。」

「再等一下下。」穆薇雙手捧住臉，眼睛裡全是星星，「很難看到你吃癟的模樣。真有趣。」

「喂喂，你們等一下再談情說愛行不行。先把車門鎖打開。」後排的趙瑩瑩和李華欲哭無淚。後座的門似乎也卡住了。他們敲了敲窗戶，很結實，不是單憑雙手就能敲碎。由於沒有繫安全帶，三人都受了點輕傷，猩紅的血將顛倒的車頂織物染成一片詭異的紅。

整輛車上可悲的只剩夜不語還倒吊著。眼看穆薇靠不住，仍舊在變身痴女的進度當中，他將垂下的頭髮撥開，找到自己藏工具的地方，艱難地摸出了刀，好不容易才將安全帶割斷。

顛倒的世界隨著他的頭著地而恢復。夜不語正準備吐槽幾句，突然，心中危險感瞬間爆發，剛才摸過自己的那雙不知從哪裡伸出的手，又冒了出來。

李華指著那隻手尖銳地叫著，嚇得不輕。穆薇也嚇呆了，眼睜睜看著如同蛇般柔軟、扭曲著，在空中玄幻的分裂為四隻，朝車內其中四人的脖子纏了過來。

說時遲，那時快。夜不語大吼一聲，以這輩子最敏捷的速度將手中的刀刺向那隻手的分裂主幹。就在刀尖快要碰到那隻皮膚乾枯，指甲如殭屍般又長又鋒利的手時，詭異的手卻猶如突然出現般，再次消失了。

車上的人大眼瞪小眼，不知所措的對視。心底油然升起一股劫後餘生的恐懼。

「大家注意四周，怪手可能隨時會出現。」夜不語打了個冷顫，一邊吩咐眾人，一邊用力地將手中的刀砸向玻璃。那雙手看起來應該屬於一個女人，它竟然能突如其來地在空氣裡冒出，簡直如恐怖片中的鬧鬼場景。這究竟是怎麼回事？難道最近一連串的靈異事件，還有小學同社團夥伴的死亡背後，就是它在作祟？它，究竟跟我們遺失的那段記憶有什麼關係？

它，究竟是什麼東西！

只聽一陣脆響，車窗總算碎掉了。夜不語沒有率先爬出去，反而仍舊警戒著，將刀遞給車後座的李華，「你繼續敲碎後邊的，跟趙瑩瑩先走。我把風。」

李華力氣比他大，三兩下就弄碎了玻璃，迫不及待地往外爬。當他大部分的身體都爬出車外時，難以置信的事情發生了。

似乎顛倒的車身與外界有著令車內人難以理解的關聯，或者說，就算是發生在眼前，夜不語等人也沒有搞明白究竟發生了什麼。李華被一股莫大的引力拉扯住，朝著天空方向掉下去。

他大聲地叫喊，手舞足蹈，可是仍舊無法緩解上升的力量。轉眼間，他已經變成了一個黑漆漆的小點，消失在了藍天白雲間。

車內剩下的四個人面面相覷，目瞪口呆。一股刺骨的冷意從腳底爬上了身體的每一處細胞。

「怎麼、怎麼回事？」趙瑩瑩結結巴巴地指著車窗外的天空，整個人都在顫抖，「如果剛才是我爬出去，沒命的就是我了？」

「人、人怎麼會掉到天空裡去？」穆薇瞪大眼睛，完全不敢相信自己眼眸所接收到的一切。

夜不語還算鎮定，他皺著眉頭，不停打量車窗外的世界。這條偏僻的路很難看到有車來往，翻車到現在，也沒見到有任何路人。四周彷彿死了般空蕩蕩的，老舊的路燈在筆直的路上豎立著，指向天空。兩旁遠處的圍牆，被街頭藝術家噴成了五顏六色，一切的一切，都普通得和國內無數衛星城鎮一般無二。

如果不是李華翻出去落入了雲裡，沒人會發現異常。

「李華、李華就這樣死了？我們該怎麼辦？下一個輪到的會不會就是我？」趙瑩恐慌得胡言亂語，她哆嗦得厲害，整個人都蜷縮了起來。

「夠了，李華只是消失了，沒有任何證據能夠證明他沒命了。妳見到他的屍體了嗎？」穆薇不愧是人生贏家，她也冷靜了下來。看向夜不語，「小夜，從小你就是我們社團的中心，社長大人，我們現在該怎麼辦？」

夜不語沒有開口，他先在車裡找到一張衛生紙，將其扯碎增加空氣阻力，然後扔出了窗外。只見那張碎屑出了窗戶後飄飄蕩蕩的向天空墜落，飛入了雲端。他搖搖頭，又找了一把鑰匙，仍舊扔了出去。

鑰匙一離開車內空間，就彷彿被強大的磁力吸引，直直落入雲端。

他緩緩地嘆了口氣，下了結論：「看來不知為什麼，車內和車外的世界，被顛倒了。車內看起來是上的方向，出了車就會變成下。車外的天空，變成了地面。我們被引力拋棄了！」

車內剩餘的人聽到他的解釋，頓時瞪大了眼。

3

所有物質之間互相都是存在吸引力的，一般與物體的質量有關。地球上的物體，都受到地球本身的引力吸引，這也是眾所周知的常識。可他們明顯還在地球引力的範圍內，因為車雖然翻了，但還是牢牢地停在地面上，並沒有被拋出地球外。可為什麼一出車的空間，引力就突然消失了？

不，或許不是引力消失了。而是引力因為某種原因顛倒了。所以出了車空間的物體和人，才會被吸入雲層之內。

夜不語、穆薇、趙瑩瑩和趙穎待在車上，腳踩著車頂，不知所措了好一陣子。

趙穎哆嗦了一下，「我們要在車裡待一輩子嗎？」

「別擔心，無論是什麼顛倒了引力，哪怕是小範圍的，根據能量守恆定律，能量的消耗都極大。能量不會憑空出現，那東西堅持不了多久的。」夜不語沉默片刻，緩緩道。

穆薇點點頭，「我也這麼覺得。雖然搞不清楚究竟是什麼在搞鬼，可它的力量不可能無限大。否則為什麼一個一個殺掉我們，而不是一網打盡。」

「或許是它想折磨我們。恐怖電影裡不都是這麼敘述的嗎？」趙瑩瑩肥壯的身體顫抖著，整個車都在她的顫抖中搖晃起來。

夜不語微微皺眉，「我倒不這麼認為。或許裡邊有更深層次的原因，只是我們沒弄清楚罷了。回到眸眼鎮，妳們有沒有感覺，那段遺失掉的記憶，開始解除了封印，稍微能想起來一點事情了。」

穆薇渾身一抖，「沒錯，我也覺得自己腦子裡有什麼東西冒了出來。小夜，你還記得那棟宿舍樓嗎？」

「當然記得，小學時我們十個都住校。只有周陽一個人住家裡。」夜不語緩緩道：「六年級，我們社團幹了不少蠢事。」

「對啊，我記得社團一共有十二個人。」趙穎也接嘴道：「每個人都有負責的事情，大家都很開心。」

「不對，不是應該只有十一個人嗎？」夜不語突然打斷了她。

「十二個才對。」趙瑩瑩晃動著自己肥碩的手，疑惑地回憶了一下。

穆薇掰著指頭數起來，「我、夜不語、趙瑩瑩、趙穎，與現在變成不人不鬼的李燦。死掉的有徐正、周嫦、王彪、李華。周陽和孫輝失蹤了，最後是楊林。沒錯，確實是十一個人……啊！」

她的聲音猛地掐斷了，十根手指翻過一輪後，又有兩根翹了起來。怎麼會，怎麼自己的嘴裡冒出了第十二個人的名字。

「楊林是誰？」夜不語的臉色陰沉不定，他隱約也記起來，社團似乎真的有十二個人。只是那第十二個，隱藏在那段遺失的記憶中，被層層迷霧籠罩著。楊林，這名字既陌生又熟悉，令他心底隱隱發寒。

「對啊，楊林是誰？」車內的其餘人，同時陷入了迷茫中。

就在大家意識到曾經有個楊林存在的那一刻，整輛車都震動了幾下。然後又恢復了平靜。車裡的人面面相覷，夜不語只覺得車外的世界變得不一樣了。不，或許該形容成變回了原狀。他猶豫了一下，扯了一張衛生紙扔出去。只見紙飄飄蕩蕩的在空氣裡停頓片刻後，緩緩飄到了地上。

他不由輕鬆了許多，再望了望，本來應該顛倒翻轉的汽車，不知什麼時候竟然恢復四輪著地的模樣。驚奇間，車中剩下的四人不約而同的慘號一聲，頭朝下摔到了汽車座椅上。

夜不語摸著發痛的腦袋和脖子，耳朵裡充斥著趙瑩瑩與趙穎的哀叫。穆薇左看右看，驚疑不定，「變回來了，小夜，引力恢復正常了嗎？」

「應該恢復了。」他點點頭，試著拉了拉車門。剛剛還根本沒辦法打開的門隨著「喀嗟」一聲，輕易地開啟了。夜不語試探地伸出一隻腿，順利地踩在了地上。不由得更加踏實了，整個人都走了出去。

看到夜不語安全後，穆薇等人才安心地魚貫而出。

「要死哪，我以後對汽車都有陰影了。還是雙腿踩在地面上踏實。」趙瑩瑩扭動身體，做著體操，一臉興奮。

趙穎沉默著，遇到了今天的怪事後，她不由得對李燦的安危更加恐懼與擔心。

「小夜，李華呢？」穆薇眨巴著眼，臉上全是憂心，「我們都恢復正常了，他，會不會回來？」

夜不語突然看向天上，苦笑不已，「他，已經回來了。」

穆薇等人順著他的視線望去，頓時滿臉驚駭。只見一塊指甲蓋大小的黑影發出微弱的聲音從天而降，慘叫聲越來越大，以迅雷不及掩耳的速度自由落體了幾秒鐘。在大家都無法採取行動的時間裡，「啪」一聲撞到了地面。

隨著落地的巨響，紅色的液體伴著碎塊四濺，血肉模糊，慘不忍睹。身旁三個女孩立刻遮住眼睛偏過頭去。可那些液體仍舊將四人劈頭蓋臉地噴了一身，弄得大家都血淋淋的，妖異的血如同黏稠的塗料，令人猶如墜入冰窖。

夜不語強忍著噁心，挪動腳步走過去確認。

那確實是李華，他的頭觸地，巨大的撞擊讓他的腦袋彷彿西瓜般破碎，紅紅白白的血液與腦漿攪和在一起，如同果凍。破爛的皮膚上還有凍傷的痕跡，表明李華被凍傷過。他至少跌入了一萬公尺以上的高空，意識到這一點，夜不語不由得冷入脊髓。

究竟是什麼力量，能夠做到這麼可怕的事情？小學時，他們到底遇到過什麼？為什麼那股神秘力量在十年後才爆發，將所有涉事者牽入其中，一個個的虐殺掉？有什麼力量，竟然能顛倒引力。

至少夜不語無法想像。這一刻，他嚴重覺得自己的大腦容量遠遠不夠理解自己最近遇到的怪事。

他深深地呼吸了一口空氣，不冷不熱的氣體通過氣管湧入肺中，將他的恐懼感稍微平復了些許。

無論如何，都必須要盡快趕去當初小學的舊址。用盡一切辦法查出真相，否則，他們這一群人真的會莫名其妙的一個個全都死乾淨。

有生第一次，夜不語感到了越來越強烈的急迫感。彷彿周圍的空氣都充斥著無形的擠壓力，稍微慢一些，就會被擠得粉身碎骨、屍骨無存。

車是不敢再開了，一行四人，開始用腳慢慢地朝目的地走去。

4

這個世界因為網路而變得方便無比，在網上查了訊息，知道從前的舊校舍已經建成了高級住宅後，夜不語等人抱著希望，想或許還殘留著某些線索。可真的到了目的地，他們頓時失望無比。

根據 GPS 的位址，這棟高聳的足足有三十多層樓高的建築群就是原來的小學。可嶄新的大樓與社區種植的花草樹木將一切痕跡都死死掩蓋了。

穆薇等人看向夜不語，等他出主意。夜不語在心中微微嘆氣，他能怎樣？心中的無力感逐漸加深，他看著高樓沉默了許久後，才道：「先在那邊的酒店住下吧，找找看。我再去查楊林這個人到底是誰。」

「怎麼查？」穆薇看向他指的地方，是一家連鎖快捷酒店，便宜實惠乾淨。可因為心中的恐懼，就連明朗的天空也變得陰霾。

「還記得羅老師嗎？六年級時的班導師，教語文的？」夜不語回答。

「當然，我們私底下叫他羅老頭，年紀不大，可人看起來七老八十的，還駝背呢。」

趙瑩瑩立刻點頭。

「我剛剛在網上查了一下，教室宿舍拆遷後，大部分的教師都就地安置了。也就意味著，羅老頭應該住在這棟大樓中。等一下我去物管處問問地址！」夜不語思索著，吩咐道：「穆薇，妳們三人去酒店辦理入住手續，我去商店買禮物，到時候大家在社區的門口集合，大家一起去拜訪羅老頭。」

穆薇吞吞吐吐地說：「我覺得大家還是盡量不要一個人待著，酒店就要個家庭套房吧。小夜，你委屈一下睡沙發，我們三個女孩子睡房間。」

趙瑩瑩立刻肯定道：「沒錯，保命第一，誰也別不好意思了。」

「妳們不覺得彆扭的話，我一個大男人也懶得矯情。」夜不語輕輕點頭，朝著超市走去。他迅速挑了一些保養品，進社區時，特意看了看大樓的名稱。

公園大廈，南明路一百二十三號。他已經不太記得小學時這裡原本的地址，不過公園大廈的名字倒是名副其實。剛才走過來的路上，他確實看到了一座小公園。修得不錯，綠樹成蔭，有許多古木。

夜不語在物管處藉著拜訪從前老師的名義，順利查到了羅老頭的地址。他果然住在這兒，剛退休兩年。記憶裡依稀還能回憶起當年的班導師的模樣，他為人雖然古板，可是對自己挺和藹可親的。是個好老師。當然，由於時間太過久遠，印象也僅限於此而已。畢竟羅老頭也只教了他們一年罷了。

穆薇三人很快就過來了，看著她詢問的眼神，夜不語做了個 OK 的手勢，「羅老頭在七棟六單元 1808 室。」

「小夜，你覺得羅老頭知道我們究竟遇到過什麼嗎？」自從李燦出事後，趙穎話一直都不多，「我是指，他能不能告訴我們，我們到底遺忘了什麼東西？」

「不清楚。」夜不語緩緩搖頭，「我整理過自己腦袋裡的記憶，我們遺忘的東西很零散。不記得社團名字、六年級中大約有兩個月左右的時間，腦細胞都是混亂不堪的。像是沒有拼好的拼圖。但現在能夠得到的資訊嚴重不足，只能試試了。」

穆薇整理著被風吹亂的頭髮，「我記得羅老頭的腦袋相當清楚，記性也相當好。說不定他還記得些什麼我們不知道的。」

七棟六單元離物管處不遠，一行四人搭乘電梯上了十八樓，在八號房敲了敲門。很快就有一個六十歲左右的阿姨打開了門。她見到我們後，滿臉疑惑。

夜不語揚了揚手中的禮物袋，在臉上堆起微笑，「阿姨您好，我們是羅老師以前的學生，剛巧路過晔眼鎮，就過來拜訪一下。不知道羅老師的身體還好嗎？」

「還好，還好。來就來吧，還帶什麼禮物。」一聽到是從前的學生，阿姨立刻客氣起來，她將禮物接過來，轉頭喊道：「老羅，你學生來看你了。」

聽到聲音的羅老頭從陽臺走進客廳，見到我們後，滄桑古板的臉上溢滿笑容，他變得渾濁的眼神從我們身上一個一個掃過，迎了上來，「妳是趙瑩瑩，當年我就要妳減肥，不聽話了吧。嫁人了沒？」

「夜不語，你小子還是那副賊聰明的模樣，聽說你到德國留學了，混得不錯啊。

就屬你最有出息。」

「穆薇，當年的黃毛丫頭變得更漂亮了。還有趙穎，快大學畢業了吧？」

羅老頭記性還是像當年那麼好，一邊將他們迎入客廳坐下，一邊歷數我們從前的事跡。夜不語跟他寒暄著，說到好笑的地方，也勉強笑了笑。

總算，敏感的羅老頭看出一絲不對勁兒起來。他一如十多年前一樣，語重心長的問：「怎麼，你們四個似乎不是單純來看望我這個老頭子。難道有其他事情。你們每個人似乎都很困擾。」

「羅老師，我們確實不是來跟您彙報現狀探討人生的。」穆薇苦笑一番，乾脆直白的將目的挑明，「老師，您還記得我們六年級時，一個叫做楊林的同學嗎？」

「楊林？」羅老師猛地瞪大眼睛，語氣頓時低沉下去。他似乎在回憶，臉上露出掙扎的神色。最終卻緩緩地搖頭，「我不記得有過一個叫楊林的學生。」

「怎麼會，我們都記得。老師您的記性一直很好，肯定不會忘記才對。」趙瑩瑩尖銳地大聲說。

「我說不記得，就是不記得。」羅老頭硬著脖子仰著頭，一副妳居然不相信我的模樣。素來嚴厲的他很有氣勢，將趙瑩瑩嚇得立刻縮回了椅子上。

「老師，您再想想。」穆薇不死心地問，「說不定突然就記起來了。」

「六年級沒有誰叫楊林，我記得清清楚楚。」羅老頭堅持道：「你們這些小子長大了翅膀硬了，居然不相信我了。當心我趕你們出去！」

「可是——」穆薇仍舊想開口，被夜不語拉了拉衣角，打斷了。

「好啦，羅老師的記性，說沒有這個人，肯定沒有。」他示意大家都不要再糾結這個問題。

「來都來了，晚上一起吃飯吧。」羅老頭這才滿意地點頭，也不管他們願不願意，讓妻子多做一些飯菜。

晚飯在沉悶中進行著，吃完後四個人一肚子火氣地離開了。剛出門趙瑩瑩和趙穎就氣得將手裡的手提包扔在地上，發火道：「那個羅老頭不老實，提到楊林時他的臉色都變了，肯定知道些什麼，就是不告訴我們！太氣人了！」

「這之間有些隱情，小夜倒是挺冷靜的，說不定有別的想法。」穆薇將視線投向夜不語。夜不語微微一笑，從口袋裡掏出一張紙條，「這是臨走時，羅老師暗中遞給我的。」

他將皺成一團的紙張展開，裡邊只有一行字：

「晚上十一點，西苑錦鯉池詳談。」

5

「好俗套的情況哦，究竟有什麼難言之隱不能在家裡說？」趙瑩瑩鬱悶道。

「這我就不清楚了。」夜不語皺了皺眉頭，「羅老頭肯定有他的顧慮。至少現在能確認，他的確知道楊林此人。也能夠斷定，楊林雖然一直都不在我們記憶裡，可他確實存在過。」

「什麼叫存在過？」趙穎摸著亂糟糟的頭髮，想像力大爆發，「你說羅老師會不會一直被什麼監視著，所以不敢多說話？」

「被什麼監視？」趙瑩瑩反問。

「或許是那個一直想置我們於死地的東西。」穆薇喃喃道。

「別想太多，今天晚上，說不定就能揭開謎底了。」夜不語看了看天色，天幕已經黑盡，夜晚降臨到了眸眼鎮。為整個小鎮蒙上了一層說不出的壓抑與恐怖。

他們四人待在酒店房間裡，度日如年。每個人都心不在焉，不時看著手上的錶和手機螢幕。時間如同蝸牛般爬得緩慢，好不容易等到十點半時，夜不語才將手中的紅酒杯「啪」的一聲放在桌子上。

清脆的聲音將其餘三個各自胡思亂想的人驚醒。他打了個響指，站起身來：「時間到了，我們出發。」

一行人走出了酒店大門，朝附近的公園走去。那座新修建的公園不大，卻古木成蔭，顯得極為漂亮。公園的樹木叢中有幾條窄窄的小道，只能容兩個人並排走，無法通車。公園燈很少，而且暗淡。無法擁有足夠的光線照亮四周，越往前走，幾個女孩越是心慌。覺得那昏暗的環境，嚇得人心髒都快要承受不住了。

血液在黑暗中不斷朝大腦湧動，每走一步，都是一種煎熬。

好不容易才來到錦鯉池邊，這個池塘直徑只有十多公尺，周圍根本就沒有燈光。有個乾瘦的人影早已經站在了池塘邊，正將手中帶來的食物扔進水池中。雖然看不清楚池子裡的景象，但是從翻騰猶如水沸騰的聲音判斷，他的投食一定引來了眾多錦鯉爭搶。

「羅老師？」夜不語試探著問道。

羅老頭咳嗽了一聲，停下了餵食動作，衝我們點頭道：「你們來了？」

「嗯，來了。您有什麼要告訴我們的嗎？」夜不語等人緩緩靠過去。羅老師蒼老的臉在黑暗裡若隱若現，穆薇有些害怕，掏出手機打開手電筒功能。光明頓時充斥在四周，明亮的光為人帶來了些許的安全感。

「這句話應該我來問，你們最近遇到了什麼怪事嗎？」羅老頭看向他們。

四個人面面相覷，不知道該怎麼回答。

「記得六年級時，你們十一個人組成了個社團，在學校裡稱王稱霸，弄得整個年級都烏煙瘴氣的。今天怎麼才來了四個人？」羅老頭又問。

夜不語嘆了口氣，「不瞞您說，最近真的有些古怪。除了我們四個外，徐正、周婖、王彪、李華都已經遭遇意外死掉了。周陽和孫輝在不久前莫名其妙的失蹤，而李燦雖然還沒死，但恐怕也快了。」

羅老頭面部乾癟的肌肉顫抖了一下，腳一顛簸，險些沒摔倒。穆薇連忙扶住他，這昔日嚴厲的老師仍舊喃喃道：「我就知道會這樣，我就知道會這樣。沒想到該來的，還是來了。」

夜不語眼睛一亮，眼前的老頭果然知道些什麼，「老師，六年級許多事情我們怎麼都想不起來，您能告訴我們嗎？」

「你想問什麼？」羅老頭看了我一眼，滿臉絕望和頹然。

「楊林，究竟是誰？」趙穎迫不及待地問。

「楊林，楊林。你們又提到這個名字了。唉。」羅老師嘆了口氣，顫顫巍巍地回答：「我記憶裡，根本就沒有楊林這個人。」

「怎麼可能，但你聽到這個名字，可是嚇了一跳的。」趙瑩瑩忍不住指責道。

「我們班，乃至於我們學校，確實沒有這個人。我之所以知道這個名字，還是從你們嘴裡聽來的。」羅老頭艱難地說：「那段時間，你們十一個人像是瘋了似的。不停地唸叨楊林這個名字，說是你們社團的第十二個成員。我擔任你們社團的顧問，卻從來沒有看過楊林。從來就沒有過的人，我怎麼會認識。」

我們紛紛大吃一驚，許久都難以平復心緒。

「您的意思是，楊林壓根就不存在？」夜不語的嘴唇都在發抖，「可我們記憶中的楊林，到底是誰？」

「這我不清楚。我只能簡單地講講，我知道的事。」羅老頭敲了敲沒剩下幾根毛的腦袋，開始講述起來。

「說起來，那件事我到現在都還記憶猶新。當初流行一種遊戲，就是在晚上照鏡子，這種鏡子遊戲很多人都在玩，特別是你們住校的，天不怕地不怕。」

這麼一提，夜不語似乎想起了什麼，「對啊，那個遊戲叫做點頭神，方法是在晚上十一點過的時候，在女廁所豎起一面鏡子，就能在鏡子中看到另一個世界。小孩子總有獵奇心理，不過和我們有什麼關係？」

「你忘了，你們也玩過嗎？」羅老頭冷哼了一聲。

「我們玩過？」穆薇眨了眨眼，「似乎確有這回事，可，怎麼不太記得起來了。」

「你們在學校宿舍玩了點頭神後，第二天就有一個女孩跳樓自殺了，原因不明。徐正滿臉恐懼地跑來告訴我，說是你們不小心將地獄的惡魔放了出來，害死了那個跳樓的女孩。我沒聽明白，也沒在意。」羅老頭嘆息著，「可就因為沒在意，反而事情糟糕了，惡化了。

「從那天開始，陸續有女生在女廁所看到所謂的另一個自己，看到的人無一不在不久後跳樓自殺。一時間整個學校都陰雲滿布，那時我才正視起徐正說過的話。我是個無神論者，但是也耐不住死人太多。學校受到了莫大的壓力，學生的家長紛紛如同驚弓之鳥，有的甚至直接將兒子女兒轉學。

「眼看再這樣下去，學校就會倒閉，我也會失業。所以就將你們十一個人全都叫過來，問清楚情況。你們說你們在四樓的女廁所豎了一面鏡子，請點頭神，結果沒有成功。倒是有三個晚上來洗衣服的女孩出了意外。夜不語，你記起來沒有？」

夜不語疑惑地挖掘著自己的記憶，那段回憶若隱若現，不過被羅老頭牽引著，就快要浮到了可讀取區域。

「之後的事情，恐怕你們全忘記了吧？點頭神的儀式很特殊，將神請回去的方法也很特別。我將事情上報上去，實在沒辦法的學校領導層決定乾脆試一試。畢竟跳樓事件一而再再而三沒有理由的發生，也只剩盡人事聽天命的份了。」說到這裡，羅老頭問：「夜不語，全校就數你最聰明，你應該清楚點頭神的送神方法吧？」

夜不語點點頭，「傳說點頭神需要祭祀，想要將它送回去，就必須把請它的人湊齊，再玩一次遊戲。或者……」

「或者把第一個受害者的屍體和鏡子一起埋起來。」羅老頭接過話，「當時你們十一個人已經有五個轉學了。我們學校高層只好將第一個受害者，也就是那個女孩的屍體從殯儀館裡偷出來，埋在學校老樹林後邊的荷花池裡。」

夜不語皺了皺眉頭，視線朝四面八方掃了掃，突然渾身一抖，「這裡的樹木很古老，不像是移栽的。」

他又看了不遠處的錦鯉池，身體發抖得更厲害了，「還有這處錦鯉池，似乎形狀有些熟悉。」

「沒錯，看來你已經猜到了。那女孩就是被埋在這座池塘下邊。」羅老頭伸出手敲了敲池塘的邊緣，得意地嘿嘿笑了兩聲。

聽到他的話，穆薇三個女孩完全被嚇到了，不由得朝我靠攏。眼中透著難以描述的恐懼。

「羅老師，您還是沒有告訴我們，楊林這個名字究竟是什麼時候聽我們說過。」夜不語看著小學時的老師，總覺得他的話裡透著古怪與矛盾。

「後來我才知道。點頭神送回去後，還留在學校的六人，除了夜不語外，其他人全都昏倒了，昏迷中，每個人嘴裡都不停地唸叨著楊林的名字。後來我才知道，另外五人身上也發生了同樣的情況。我不知道楊林是誰，但對那名字倒是記下了，醒來後，你們十一人據說全都失去了那段時期的記憶。」羅老頭簡短地將事情講完，拍拍手，

「好了，我知道的已經說完了。」

「知道這些，對我們的現狀而言，根本於事無補。」穆薇苦笑，「老師，您再想想，看有沒有遺漏的地方？」

確實，羅老頭的話並沒有透露出太多的訊息，難道是十年前送走的點頭神有問題？夜不語低著腦袋，拚命地思索著，他有股強烈的感覺，似乎自己有什麼地方忽略掉了。

而且，如果單單是說這麼一番話，羅老頭為什麼一定要將他們四人約到這兒來？

越想越想不通。就在這時，他的手機猛地響起，尖銳的鈴聲劃破夜空，將所有人都嚇了一跳。

夜不語抱歉地掏出手機，看了看螢幕。是一則簡訊，剛看了一眼，他整個人都完全呆住了。過了許久，仍舊無法掩飾臉上的恐懼。

「怎麼了？」穆薇好奇地問。

「我朋友給我發了一則很有意思的簡訊，要不要看看？」他將手機扔到她的手中，穆薇將螢幕放到眼皮下，無比的恐慌頓時瀰漫了她的臉龐。她嚇得軟倒在地上，根本沒辦法站起來。

簡訊的內容很簡單，無非是一項檢測報告。夜不語託人檢查了徐正屍體上的牙齒印，對比了牙醫紀錄後，真的找到了一個符合的條件。牙印赫然是眼前的昔日六年級班導師羅老頭的。

這究竟是怎麼回事？

夜不語覺得自己的大腦完全不夠用，還沒等他緩過神來，又一則簡訊傳了過來。簡訊上是羅老頭的資料，準確地說是一份驗屍報告，報告上寫著羅老師早在十年前就已經死了，死於氯酸鉀中毒，死的時候慘不忍睹，通體呈現灰褐色的屍斑。

可羅老頭明明就坐在不遠處的錦鯉池邊緣，如果他十年前已經死了，那自己眼前的羅老師到底是誰？

夜不語抬頭，猛地朝羅老師看去。卻突然看到錦鯉池中猶如煮沸的水翻滾起來，一大群錦鯉躍出水面，在空中劃過一道道的弧線。牠們張開嘴巴，朝著羅老頭咬去。他連忙將手機的LED燈對準池塘方向，只見一條碩大的錦鯉將羅老頭拖下了水。

不，那絕對不是錦鯉。在白色的光束底下，一個擁有錦鯉身體，足足一米六的「人」，披散著烏黑濕答答的長髮，死死咬中了羅老頭的脖子。人頭屬於一個女人，她透過長髮的縫隙，用冰冷的眼神瞧了過來。

她的手從水中舉出，手臂在空中化為四條蚯蚓般的軟肉，扭曲的猛地向他們糾纏過來。

夜不語被死死地勒住，無法喘息，就在快要昏過去的一瞬間，腦袋像是捅破了一層紙似的，突然清醒了許多。那些遺忘的記憶，也在慢慢浮現。真相，湧到了他的喉嚨深處，彷彿只需要一個呼吸就能醍醐灌頂，揭開一切……

尾聲

這個世界是有楊林這個人存在的。夜不語將一切都回憶了起來，楊林是那晚他們召喚點頭神後遇害的女孩，第一個看到鏡子中另一個自己的女孩。為什麼羅老頭說楊林不存在呢？而死了十年的羅老頭為什麼會出現在我們面前？

這些謎，很難解釋。

楊林是點頭神的祭品。但這世界上根本就沒有點頭神存在，一切都是人臆想杜撰的。是被埋進荷花池下方的楊林屍體變異了？

第二天一早，夜不語眨巴著眼睛醒了過來。身旁的三個女孩全沒了氣息，屍體也冰冷了。不遠處還散落著兩具殘缺不全的屍首，一個是周陽，一個則是孫輝。

同樣在那天早晨，長滿屍斑的李燦也斷了氣。

活下來的，只剩下夜不語一人。他百思不得其解，想了許久，終於才想起。

因為他是唯一沒有接觸鏡子的人。

那面鏡子是社團除他以外的另外十人一起偷走的。鏡子裡也映入了周陽的模樣，所以儘管周陽沒有玩過點頭神的遊戲，也沒能擺脫死亡的命運。

因為他對這類神神怪怪的東西一直都懷抱著懷疑與戒心，所以他雖然十年前去了女廁所，卻沒有參與遊戲，也沒有偷過鏡子。準確地說，有問題的，其實是那面鏡子！只有這樣才說得通。

但這又有個問題無法解釋。如果自己沒有受到十年前召喚點頭神的影響，也沒有照過鏡子，那他為何也跟其他十個人一起失憶了？而楊林在他的記憶裡，為什麼又變成了小學時期社團的第十二個同伴？

他無法解釋，於是夜不語偷偷在春城雇了一個經驗豐富的盜墓者，指示他在公園對面挖洞，一直挖到錦鯉池底找出鏡子和楊林的屍體，希望透過對鏡子的判斷找出其中隱藏的秘密。

只是這一挖，讓夜不語大吃一驚。盜墓者不但找到了那面鏡子，還找到了兩具屍體。其中一具比較小，應該是楊林。而另一具辨識後，居然是羅老頭的。

夜不語連忙查資料，才知道羅老頭中毒身亡後，屍體也失蹤了。他看著羅老頭的屍骨，腦袋中一股記憶拚命地破繭而出，想要從意識海深處躍出水面。

他猛地全身一顫，終於將最後一絲遺忘的東西也回憶起來。對羅老頭下毒的是徐正，他將玩了點頭神的事情打了小報告後，事情越鬧越大，他後悔了，怕被學校責罰。於是從父母的實驗室裡偷了些氯酸鉀想毒死羅老頭。

可是由於劑量太低，沒有生效。直到點頭神被送走後才猝死，徐正怕得很，將事情告訴了孫輝。剛好孫輝的父親是殯儀館的守夜人，而眸眼鎮太小，羅老頭的屍體就被警方寄放在那家殯儀館裡。徐正、孫輝連同剩下的小夥伴，包括夜不語，大家一起幫著偷了屍體，將羅老頭埋進了學校高層剛填完的坑中。

而夜不語，就是那之後失憶的。

怪了，他究竟為什麼會失憶呢？夜不語捂著額頭，沉思了半晌。身後被黑布遮蓋的鏡子散發著詭異的光澤，鏡子中，羅老頭、徐正、楊林……，十二個人的影子緩緩浮現，猶如不散的冤魂般瀰漫著驚人的怨氣。

地上楊林與羅老頭被腐蝕得殘缺不全的屍體，同時睜開了眼睛……

The End

夜不語作品 31

夜不語詭秘檔案 110：鬼抓痕

國家圖書館出版品預行編目資料

夜不語詭秘檔案110：鬼抓痕／夜不語 著.
一 初版. 一 臺北市：春天出版國際，2019.09
面；　公分. 一（夜不語作品；31）
ISBN 978-957-741-228-7（平裝）
857.7　　108012904

ISBN 978-957-741-228-7
Printed in Taiwan

作者	夜不語
封面繪圖	Kanariya
總編輯	莊宜勳
責任編輯	黃郁潔
美術設計	三石設計
出版者	春天出版國際文化有限公司
地址	台北市信義區信義路四段458號3樓
電話	02-7718-0898
傳真	02-7718-2388
E-mail	story@bookspring.com.tw
網址	http://www.bookspring.com.tw
部落格	http://blog.pixnet.net/bookspring
郵政帳號	19705538
戶名	春天出版國際文化有限公司
法律顧問	蕭顯忠律師事務所
出版日期	二〇一九年九月初版
定價	180元
總經銷	楨德圖書事業有限公司
地址	新北市新店區寶興路45巷6弄6號5樓
電話	02-8919-3186
傳真	02-8914-5524

夜不語
詭秘檔案

夜不語
詭秘檔案

夜不語
詭秘檔案

夜不語
詭秘檔案